口笛の上手な白雪姫

小 川 洋 子

幻冬舎文庫

口笛の上手な白雪姫

口笛の上手な白雪姫　目次

先回りローバ

初めて家に電話が引かれたのは、僕が七つの時だった。北向きの玄関から二階へと続く、狭くて急な階段の裏にそれは設置された。

形容しがたい丸み、暗号めいたダイヤル、耳にフィットするよう計算された受話器のカーブ、可愛らしげにクルクルとカールするコード。そうした何もかもがどこかしらおもちゃめいていたが、僕は最初からそれが、ただものでないことにちゃんと気づいていた。

とにかくその黒色は特別だった。一点の濁りもなく、濃密で、圧倒的で、気高くさえあった。両手に載るほどの大きさなのに、何を企《たくら》んでいるのか分からないふてぶてしさと思慮深さを併せ持っていた。そこに一つ黒い塊《かたまり》があるだけで、階段裏の薄暗さが奥行きを増すようだった。

高さが適切という安易な理由で、それは台所の片隅から運び出した小さな物入れの上に置かれていた。電話の存在感に比べて物入れはあまりにも貧相なうえに、長い間乾物や香辛料を仕舞っていたせいでかび臭さが染みついていた。だから受話器を握るといつも、湿気た胡《こ》椒《しょう》のにおいがして鼻の奥がザワザワとした。


両親はしばしば僕一人を置いて〈集会〉に出掛けた。

「電話が鳴ったら、まず自分の名前を名乗る。これが一番大事だ」

「次に、どなた様ですか、お父さんとお母さんは夜帰ってきます、って言うの。いいこと？」

玄関で両親は慌《あわただ》しげにそう言った。僕は黙ってうなずいた。

彼らの足音が十分に遠ざかるのを確かめると、すぐさま階段裏に身を潜め、受話器を持ち上げてダイヤルを回した。1、1、7。数字の穴は僕の人差し指には大きすぎ、途中でしくじらないよう注意する必要があった。三日月形の留め金のところまで引き絞ったダイヤルが元に戻る時の、小鳥がつぶやくような音を指先に感じながら、声にならない声でゆっくりと三つの数字を唱えた。

「ピッピッピッピー……午後2時52分30秒をお知らせします……ピッピッピッピー……午後2時52分40秒をお知らせします……ピピピピ……ピー……午後2時52分50秒をお知らせします……」

時報を聞くのが僕は好きだった。そこはどこまでも果てしのない、何ものにも乱される恐れのない、安定した世界だった。たとえ僕がクシャミをしても、お姉さんは迷惑そうな様子さえ見せず、ひたすら時刻を知らせ続ける。一秒ごとに刻まれる歯車の船の舳先《へさき》に立ち、次々と誕生する新たな時刻を、まっさらな海面に向かって宣告する。大変な重労働だと思われるのに、口調は滑らかだ。

「……午後2時53分ちょうどをお知らせします……ピッピッピッピー……」

それでも時折、くたびれるんじゃないか、どこかでつっかえるんじゃないかと心配になり、つい受話器を握る手に力が入る。

「……どうもご親切に。でも平気よ……ほら、このとおり……」

すると規則正しいリズムの底から、そんな声が聞こえてきそうな気がして、いっそう注意深く耳を澄ませる。

時報のお姉さんは決して質問を投げ掛けない。答えを求めない。いくら僕が長い時間黙っていても、自分の名前を名乗らなくても変に思ったりしない。平然としている。だから僕は安心して好きなだけ、時報の海を漂っていられる。

受話器を耳に当てていれば、電話が鳴らないということを僕は知っていた。〈集会〉を終えて帰ってきた両親に「誰からも電話はなかった」と答え、それを嘘にしないためには、1

17をダイヤルする以外、他に方法はないのだった。

電話が掛かってきても、僕は話をすることができなかった。僕は吃音《きつおん》だった。特に、あらゆる単語の中で口にするのが一番困難なのが、自分の名前だった。

別段ややこしくもないごく平凡な名前なのに、いざ発音しようとするとなぜか、喉と舌の連係が乱れ、空気が停滞し、唇が硬直した。無数にある名前の中で、よりにもよってなぜ両親がそれを選んだのか、小さい頃は恨めしく思っていた。しかし今になってみれば、どんな選択をしようと自分の名前として授けられた途端、発音困難な音の組み合わせになってしまうのだと理解できる。

吃音の本当の原因はもっと別なところにある。両親がズルをして、息子の生まれた日を正しく届け出なかったからだ。僕はそう信じている。〈集会〉の主宰者の誕生日だったか、〈集会〉の設立記念日だったかよく分からないが、とにかく僕にとってはどうでもいいその日付を、何としても息子の出生日にしたかったらしい。両親は本当に僕が生まれた日より六日先の日付を書類に記入した。その間、僕はここにいるのに、いないことにされた。両親はできるだけ赤ん坊を泣かせないよう細心の注意を払った。窓を閉め切り、おしめもよだれかけも外には干さず、じっと息を殺して目指す日が来るのを待った。こうして六日分の、自分のいない世界が、僕の前に取り残された。ふと気づくと、目の前にはいつでも空白が横たわっていた。

だから僕の言葉は何もかも、その空白に飲み込まれてしまう。どんなにはきはき元気よく喋《しゃべ》ったつもりでも、すぐさま声は体と切り離され、〈六日分の空白〉を頼りなくさ迷いだす。そしていつしか言葉たちは透明な罠《わな》に足を取られ、もがけばもがくほど深みにはまり、微《かす》かな響きの名残《なごり》さえ留《とど》めないままに姿を消してゆく。慌てて僕は前方に手を伸ばし、言葉たちを取り返そうとするが、指先はただ宙をつかむばかりだ。

両親は息子に何が起こっているのか、ほとんど気づいていなかった。ましてや原因が自分たちにあるなどとは微塵《みじん》も思っていなかったに違いない。息子は言葉が少し遅いだけだ、成長に個人差があるのは当たり前で、目くじらを立てる方がおかしい、のんびり構えていればいいのだ、よく考えもせず口先だけでベラベラ喋る子に比べれば、むしろこの子は賢いとも言える、誰よりもじっくり考えているのだから……。

両親はあくまでも楽観的だった。確かめたわけではないが、たぶん〈集会〉の理念に則《のっと》ってのことだったのだろう。僕が単純な自分の名前と格闘している間、彼らは息子の頭の中でどんなに天才的な思考が巡らされているか、的外れな想像をして満足に浸っていた。

名前が最難関であることからも分かるとおり、吃音は言葉や文章の複雑さとは何の関係もなかった。むしろありふれた挨拶で詰まったり、「はい」「いいえ」の一言が出てこないことの方が多かった。幼稚園の正門で、中に入れず立ちすくんでいた自分の姿を今でもよく覚えている。門の前には園長先生が立っている。きちんとしたスーツを着込み、でっぷりと太った腰回りで門を半分ふさぎながら、にこやかに微笑《ほほえ》んでいる。

「おはようございます」

幾人もの子どもたちが次々、先生の脇をすり抜けて園庭へと走ってゆく。

「おはようございます」

子どもたちの元気のよさに先生は満足し、小さな背中を撫《な》で、肩を抱いて彼らを褒めたたえる。朝日にあふれる園庭には歓声と足音が入り混じって響いている。

「お…………」

僕のおはようございますに気づく人は誰もいない。僕の口から放たれた一音一音は、〈六日分の空白〉に囚《とら》われ、どこにもたどり着けずにいる。僕はただぼんやり黙っているんじゃありません。ちゃんと耳を澄ませて下さい。ほらすぐそこに、たった今発音した声が……指を差してそう言いたいのに、舌は喉の奥で縮こまり震えている。その間にもお構いなしに、子どもたちは僕を追い越してゆく。早速ブランコを漕《こ》いだり、ジャングルジムによじ登ったりしている子もいる。

先生の背後に視線を送り、どうしてあのざわめきの中に自分がいないのか、不思議な気分に陥る。体はここにあるかもしれないが、心はちゃんと先回りして園庭で僕を待っている。高々とブランコを蹴り上げる僕を祝福するように、鉄のチェーンも黄色い名札も運動靴も、朝日を浴びてキラキラきらめいている。

少しでも舌を慰めるのに役に立てばと思い、僕は幼稚園帽のゴム紐《ひも》を口にくわえる。舌と唇の間にはさんでピチャピチャ音を立てる。それはだらしなく伸びきって、変なにおいを発している。

「ご挨拶のできない人は、中へ入れません」

いつの間にか先生の微笑みは消えている。


例のお婆《ばあ》さんが現れたのはちょうどそんな頃だった。はっきりしたきっかけはなく、ふと、という以外他に言いようのないさり気なさで、気づいた時には既にそこにいた。

しかし正直、何十年経《た》った今でも、彼女についてはすべてにおいて確信が持てないでいる。反射的にお婆さんだと思ったが、箒《ほうき》と塵取《ちりと》りを持っていつも腰をかがめていたからそう誤解しただけで、本当はそれほどの年寄りではなかったかもしれない。顔の作りや服装は薄ぼんやりとし、影は薄く、全体的に色彩に乏しかった。はっきり耳に残っているはずの声も、いざ再現してみろと言われれば自信が持てず、もしかしたらお爺《じい》さんだった可能性だってあるのではないかと思えてくる。

こんなにあいまいな一番の理由は、その人の体が驚くくらい小さかったからなのだ。頭の先から爪先まで、人差し指と親指を開いて表せるくらいの大きさだった。そのうえ動きが素早いせいで輪郭《りんかく》がチラチラとし、いくら目を凝らしても焦点が定まりにくかった。

ただし性別と同じように、体の大きさに関してもやはり錯覚の恐れがある。その人は僕の前方、手を伸ばしても決して届かない距離を隔てた場所にいた。いつ何時もその位置に例外はなかった。もっと近寄ることさえできれば、恐らく人差し指と親指の間隔よりは大きな人だと確かめられただろう。

「あなたは誰？」

僕は真っ当な質問をしたつもりだったが、相手はなぜそんな分かりきったことを聞くのか、という表情を浮かべ、箒を動かす手を止めてこちらを見やった。

「あえてご説明しようとすると、案外難しいものでございます」

「ふうん」

僕は言った。

「まあ僕も、説明は苦手だ」

「作業に戻りたいのですが、よろしいでしょうか」

「はい、どうぞ」

こんなふうにして僕は先回りローバと出会った。ごく自然な出会い方だったので、奇妙には感じなかった。幼稚園の皆や両親にもたぶんこういう人がいるのだろうと思ったほどだ。ローバの存在より、彼女と話す時、一度も言葉がつっかえないことの方がずっと不思議だった。

最初の頃、自分の姿がどんなふうに見えるかと尋ねられ、「絵本に出てくる老婆みたい」と答えると、一瞬、すねたように唇をとがらせた。

「できましたらせめて、カタカナにして下さいませんでしょうか」

本心を押し殺しつつ、あくまでも謙虚な口調でその人は言った。

「その方がいくらかでも、垢抜《あかぬ》けた雰囲気になりますでしょう？」

はっきり確認できないとは言え、もっさりした洋服のシルエットや、もやもやと膨れ上がった髪の毛や、痩せて丸まった背中は垢抜けた雰囲気とは程遠く、白雪姫に毒リンゴを食べさせる老婆にそっくりだったが、先方が望むなら異存はなかった。そのうえまだ字が書けないのだから、カタカナだろうが何だろうが僕にとっては同じことだった。

「ずいぶんと、掃除が好きなんだね」

一心に箒を動かすローバを見て、僕は言った。

「掃除ですと？」

その人はいかにも心外だという声を上げた。

「恐れながら、私は掃除をしているわけではありません。回収しているのでございます」

「何を？」

「あなた様のお声を、です」

思わず僕は驚いて、二、三歩前方へ歩み寄った。同じ歩数だけローバは後ずさりした。

「お声だけがどうしても先走りしてしまわれる。あなた様のお口には無言が取り残される。そういうことでございましょう」

ローバは箒を握り直し、更に深く腰を折り曲げた。

「よく、分かんない」

「さほど特殊な事態でもございません。まま生じるのです。ほんのちょっとしたズレ、でございますね」

体の小ささ、あやふやさに比べ、声は明瞭に聞こえてきた。まるで耳元で話し掛けられているかのようだった。

「先回りいたしまして、そのズレを修正しております」

「先回り……」

「はい、さようです」

「僕のために？」

「さあ……どなた様のため、などというのはあまりにもおこがましいことで……」

「僕の声を集めて、どうするの？」

「差し当たり、ここにお預かりしておくことにいたしましょう」

そう言うとローバは手馴《てな》れた様子で塵取りを持ち上げ、中身を前掛けのポケットへ入れた。素早い仕草だったので、自分の声というものがどういう形をしているのか確かめることはできなかった。ただ、カサコソした感覚が伝わってくるだけだった。もっとよく見せてもらいたいと思い、さっきより勢い込んで走り寄ろうとしたが、やはり距離は縮まらなかった。その人は背中を丸め、前掛けのポケットに頭を突っ込んで、塵取りの中身がちゃんと納まったかどうか確かめていた。先回りローバはいつでも、〈六日分の空白〉の先にいた。

先回りローバがいつ現れるのか、予測は難しかった。少なくともこちらの都合にはお構いなしのようだった。学芸会の舞台で立ち往生したり、お使いを頼まれて店の前を何往復もしたり、意地の悪い子に突き飛ばされたり、ああ、今ローバのポケットから声を取り出せたら、と思うような時に限って姿を見せず、こちらが油断した隙を狙って現れ出る傾向にあった。

「いつからそこにいたの？」

「ええっと、そうでございますねえ……ずいぶんと以前からでしょうか」

どんな質問にも、彼女はきちんと考えてから答えた。

「箒の音で分かるんだ。あっ、ローバだ、ってね」

彼女の仕事ぶりは細やかだった。シャッ、シャッというその音はリズミカルで歯切れがよく、片隅に隠れるどんなわずかな欠片《かけら》でも見逃すまいとする意志にあふれていた。特に僕が好きなのは、塵取りとの連係だった。箒と塵取りが心あるもののようにお互いを求め合い、労《いた》わり合いながら、協力して一つの作業に打ち込む。誰かと仲良しになるとはつまり、こういうことなんだろうなあ、と分かる気がした。

「さぞかしたくさんの名前と、おはようございます、が集まっただろうね」

「どうでございましょう」

ローバは掌《てのひら》でポケットの表面に何重もの円を描いた。

「僕の声って、どんな形？　どんな色をしている？」

「ええ、まあ、いずれにしましてもご心配には及びません。どなたの耳にも触れていないお声ですからねえ。実に見事に透き通っておられます」

僕たちはよく取りとめのないお喋りをした。先回りローバが唯一の話し相手だった。彼女となら、相手の目を見るとか表情を読むとかいったややこしいことは気にせずにすんだし、たとえ無言のひとときが訪れても、恐れる必要はなかった。ただ箒の音に耳を傾けてさえいればいいのだった。


「……ピー……午前11時16分10秒をお知らせします……ピッピッピッピー……午前11時……」

先回りローバがなかなか現れてくれない時は、117に電話した。冷たい床に座り込み、物入れに背中を押し当て、受話器に空いた小さな穴一つ一つに順番に視線を落としていった。息を深く吸い込むと胡椒のにおいがして気持が悪くなるので、できるだけ呼吸の数を少なくするよう気をつけた。相変わらず時報のお姉さんは頑張っていた。

そろそろ八歳の誕生日が近づこうとしていた。両親が祝うのはもちろん、ズルをした方の誕生日だ。それは僕にとって一年中で最も憂鬱な日だった。〈六日分の空白〉を改めて押し付けられ、間違った場所に立っている自分の決まりの悪さを、念押しされる日だった。

毎年その日は〈集会〉に連れて行かれるのが決まりになっていた。無闇に長い演説を聞かされ、ほとんど貧血を起こしかけたあと、今度は合唱の時間が続く。メロディーもリズムも単調な、何度聞いても覚えられない曲を延々と歌わされる。僕はいい加減に口をパクパクさせながら、とにかくこの合唱が早く終わることだけを祈る。同じ無音の声でも〈集会〉の歌は誰の元へ届く必要もなく、従って〈六日分の空白〉に吸い込まれもしないので、先回りローバの手を煩わせずにすむ。

けれど何より苦痛なのは〈集会〉の主宰者への挨拶だった。主宰者は僕の頭に手を載せ、特別な日に生まれた幸運を賛美した。お前の持っているどんな能力も、この日に選ばれた能力にはかなわない、誕生日こそがお前の人生を救うであろうと主宰者が言うと、周囲の人々は一斉に歓声を上げ、羨《うらや》ましさにあふれた眼差《まなざ》しを僕に向けてきた。涙ぐんでいる人さえいた。傍らで両親は、自分たちのズルが功を奏したことに満足の表情を浮かべていた。

「さあご挨拶なさい」

両親が背中を突《つつ》いているのが分かる。

「あ……」

体から切り離された声は、空白の底を迷っている。僕はぎゅっと目をつぶり、懸命にローバを探す。

「ピー……午前11時25分ちょうどをお知らせします……ピッピッピッピー……午前11時25分10秒を……」

「順調、順調」

僕の励ましなど必要ないと分かってはいたが、ついお姉さんに声を掛けていた。世界中の皆が眠りに落ちている真夜中もずっと、お姉さんは時刻を告げ続けているのだろうか。そう考えるとたまらなく可哀想な気持になってきた。

「いや、大丈夫だ」

僕は自分で自分を慰めた。一人、時刻の先頭に立ち続けるお姉さんの、風になびく髪や赤らむ頬《ほお》を思い浮かべ、その勇敢さにうっとりした。ズルをしない正確さと正直さに、尊敬の念を捧《ささ》げた。一段と親身になって、僕は耳に神経を集中させた。

お姉さんとの別れは突然に訪れた。両親から117に電話するのを禁止されたのだ。

「電話を遊びに使っちゃ駄目だ」

「見て御覧なさい、これ」

彼らは電話代の請求書を突きつけた。僕にはその代金がどれほどの負担を意味するのか、実感はできなかった。117にダイヤルするとお金がかかることも、その時初めて知った。

両親はひどく気分を害していた。怒りのやり場に困ったように、請求書を丸めたり折り畳んだりまた広げ直したりした。彼らは自分たちの知らないところで息子がこっそり何かをやっていたことに、腹を立てているのではなかった。ただ無駄なお金を支払わなければならないのが、忌々しいだけだった。

「……じゃ、あ、電……話、が、鳴っ……ても、出……なくてい……いんだね」

僕は言った。

「向こうから掛かってきた電話は、タダ、なんだ」

「ベルが鳴ったら受話器を取って『もしもし』って言う。次に名前を名乗る」

「それが世の中の決まりだ。僕はここにいます、あなたの声がちゃんと聞こえています、あなたは間違えていません、と相手に伝えるための」

「とっても簡単なことよ」

両親は言った。

ごめんなさい、と言うまでいっそう長く無言の時間が続いた。もちろんそれは謝るのが嫌だったからではなく、〈六日分の空白〉がいつにも増して底なしにひんやりとしていたからだった。

　お姉さんの方から電話を掛けてもらうというわけにはいかないのだろうか。階段裏の黒い塊に目をやりながら僕は思った。もしそうしてもらえれば、とても助かるのだけれど。

　せめてもと思い、わざと深呼吸をして胡椒のにおいを胸一杯に吸い込んでみたりもした。しかしどんなに待ってもお姉さんから電話は掛かってこなかった。やはり、時刻を宣告するのに手一杯で、僕に構っている暇はないようだった。


「本当にポケットの中に、僕の声、入っている？」

　質問の意味が少々分かりかねます、という表情でローバは振り返り、握りこぶしで腰をトントン叩いた。

「だって、いつまで経ってもポケットが膨らんでいないから」

「まさか、お疑いでしょうか？」

　ううん、と僕は首を横に振った。

「着実に、重くなりつつあります」

ローバは手ごたえ十分な様子で前掛けの裾を持ち上げた。

「ほら、御覧なさいませ」

僕は頬杖《ほおづえ》をつき、ため息を漏らした。

「あらまあどうしたことでございましょう。お元気がないようにお見受けしますが」

「時報のお姉さんと、もう会っちゃいけないって言われたんだ」

「何ですって。あの、時報娘と」

ローバはこれまでで一番大きな声を上げ、思わず塵取りを足元に落とした。

「知り合いなの？」

「えっ、まあ……知り合いというほど親しいわけでは、ございませんけれども……」

慌ててローバは塵取りを拾い上げると、動揺を悟られまいとするように一つ二つ咳払《せきばら》いをした。

「よろしいじゃございませんか。所詮、時間を知らせているだけの娘でございます」

「そんなことないよ。とっても真面目だよ。大事な役目を果たしているんだ」

「ええ、大事は大事でございましょうね」

「それに声も優しいし」

「ふん」

ローバは小さく鼻を鳴らし、再び箒を動かして回収作業に戻った。

「真面目と言えば聞こえはよろしいが、融通が利かない、とも言い換えられましょう。あるいは臨機応変に対処できない」

うつむいて僕から目をそらしたまま、ローバはぶつぶつ喋った。箒の音が幾分けたたましい気がした。

「早い話、面白味に欠けているのでございますよ。頑固、お澄まし屋、馬鹿正直、愛想なし、堅物、石頭……」

ローバの繰り出す言葉はどれも難しすぎて意味はよく分からなかったが、お姉さんとはあまり仲良しじゃないのだろう、ということだけは伝わってきた。

「私には料金はかかりません」

一通り時報のお姉さんについて描写し終えると、落ち着きを取り戻した口振りでローバは言った。

「そのようなケチな真似はいたしません」

「うん」

「ですからご安心なさいませ」

頬杖をついたまま僕はうなずいた。

相変わらず僕たち二人の距離は等しく保たれていた。手を伸ばしても届かず、目を凝らしても細部ははっきりしないけれど、決して見逃すはずのない絶妙な六日分の距離だった。ゆっくり瞬《まばた》きをすると、ローバの体に睫毛《まつげ》の影が映り、まるで彼女が自分の目の中にいるかのような錯覚に浸れることを僕は知っていた。するとなおさら箒の音と彼女の声が、鼓膜の深いところまで染み込んでゆくのだった。

箒は軽やかな動きを見せていた。塵取りは常にそれに寄り添い、いつ出番が来てもいいよう準備を整えていた。僕の声は思いがけない範囲に散らばっているらしく、ローバは腰をかがめたまま小刻みに向きを変え、時に首をひねったり足を踏ん張ったり箒の柄を持ち替えたりした。目つきは鋭く、一つの見落としも我慢できないといった雰囲気で、集中すればするほど腰は深く折れ曲がっていった。腰だけでなく、首も背骨も両膝も、回収作業に相応《ふさわ》しい形に変化し、もはや本来の形に戻るのは難しいのではないかと心配になるくらいだった。先回りローバという形の輪郭にすっぽり閉じ込められ、そこから出てこられなくなったかのようでもあった。

「先回りするっていうのも、きっと辛《つら》いことなんだろうね」

僕は言った。

「だって、一人ぼっちなんだもんね」

ローバは少し首を傾けただけで、何も答えなかった。

「元気の出ない理由が、もう一つあるよ」

ことさらゆっくりと僕は瞬きをした。

「もうすぐ誕生日なんだ」

「それはお目出度《めでた》いことでございましょうに」

重なり合う睫毛が前掛けの上をさっと横切り、影を残してゆくのが見えた。

「でも、嘘の誕生日だよ。一番大事なはずの、スタート地点が間違っているなんて。きっといつか罰が当たる」

「チッチッチッ」

ローバは舌を覗《のぞ》かせて奇妙な音を出した。

「本当の誕生日をお祝いすればよろしいのですよ。私がお相手いたしましょう。何と申しましても私は、先回りローバなのでございますから」

書類に記された日付より六日前の日、本当の誕生日、ローバが歌ってくれたハッピー・バースデー・トゥー・ユーを、僕は今でも覚えている。その歌声は折れ曲がった小さな体に相応しく、とてもか細かったが、何ものにも邪魔されないひたむきさで僕の耳に届いてきた。片手に箒を握り、もう片方の手に塵取りを提げ、前掛けのポケットを守るように背中を丸めていた。照れくさかったのか視線はわざと的外れな方に向け、皺《しわ》だらけの首を上下させてリズムを取った。高音になると目を細め、喉の筋を懸命に伸ばして正しい音程を保とうとした。一人の男の子の誕生を祝福するために、今自分の歌っている歌がどうしても必要なのだ、と決心している様子がうかがえた。と同時に、八つになった少年にありのままの喜びをもたらす、無邪気な歌声でもあった。

僕はローバの元へ走り寄り、彼女を抱き締めたい気持で一杯だった。それがかなわないことだけが悲しかった。

八歳の本当の誕生日が、先回りローバの姿を目にした最後の日になった。以降、どんなに願っても二度と現れてはくれなかった。

いつの間にローバはポケットの中身を返してくれたのだろう。気がつくと僕の吃音は治っていた。

これは、油断すると自分でも忘れてしまうくらい遠い昔の話なので、ここに記しておこうと決めた。たぶん、忘れない方がいいのだろうと思うし、もし僕がいなければ、他の誰も代わりに語ることができない記憶なのだから。

亡き王女のための刺繍

出産祝いのよだれかけを買うため、土曜日の昼前、りこさんの店へ行った。合唱クラブでお世話になっている指揮者のお嬢さんが、先週末、女の赤ちゃんを産んだのだ。臍《へそ》の緒《お》が足首に絡まっていたうえ、四千グラムを超える大きさだったせいで、四十二時間も苦しんだ挙句、最後は帝王切開になったらしいと皆が噂していた。

たとえどんなに縁の薄い人であっても、赤ん坊が産まれたと聞けば必ずお祝いを贈る。血のつながりもない遠い親戚、仕事で一度きり一緒になった相手、道ですれ違って挨拶を交わすだけの近所の誰か。中には顔さえ知らない場合もある。私はささいなお喋《しゃべ》りの間に差し挟まれる、おめでた、の一言を決して聞き逃さないし、視界の片隅に映る膨らんだお腹《なか》のシルエットを取り逃がすことはない。

贈る相手が誰であれ、品物は最初からよだれかけと決めている。そもそも汚れるための衣類だから、何枚あっても邪魔にはならない。首の後ろで紐を蝶々結びにし、胸元にそれをぶら下げて離乳食を食べている赤ん坊を眺めるのが、私は好きだ。よだれかけは赤ん坊だけに許された特権であり、一番目立つ場所に掲げられるべき勲章である。彼らは遠慮なく、実に堂々とあらゆるものをそこにまき散らす。名前に冠された名誉あるよだれをはじめ、ミルク、重湯、すり潰《つぶ》した青菜、果汁、ふやけたパン、裏ごしした黄身、胃液、鼻血。唇からあふれるもの、内臓から逆流するもの、容赦なく入り混じり、勲章に独自の模様を付け加える。

りこさんの店は町の中心に近い広場に面した、衛生会館と産業会館、二つの建物をつなぐ渡り廊下にある。五十年近く昔、私が子供の頃は真新しい立派なビルだったが、いつしかすっかり老朽化して人の出入りもまばらになってしまった。しかし広場にできるアルファベットのH形の影は、何年経っても変わりがない。渡り廊下は仲たがいするものを握手させるかのように、六階建てビルの四階同士をつないでいる。

「ごめん下さい」

「いらっしゃい」

「いつまでも寒くて嫌になるわねえ。お変わりない？」

「ええ、おかげさまで。ストーブの火、強くするわ」

「お願い」

「また、例のお品？」

「このところ、立て続けで」

「喜ばしいことじゃないの」

もう長い付き合いなので、りこさんは私がよだれかけしか買わないことをよく知っている。顔を見せれば何も言わなくてもすぐに、真っ白いよだれかけの入った箱を棚の上から下ろしてくれる。

渡り廊下の片側、一列にさまざまな店が並ぶ中、りこさんの子供服専門の仕立て屋はちょうど真ん中に位置している。他がジューススタンドや薬局や文房具屋など、役所の出先機関である会館を訪れる人たちに便利な日常的な種類でまとまっているのに比べ、りこさんの店は多少仲間はずれになっていると言えるかもしれない。

「先生が助役の二号さんだからよ」

死んだ母がよくそう言っていたのを覚えている。幼い私には二号さんの意味がよく分からなかったが、母の口振りからあまり大きな声で言ってはいけない言葉らしいと感じ取ってはいた。

元々、五十年前、店の経営者は先生と呼ばれるやり手の女性で、りこさんはそこに雇われている若いお弟子さんだった。当時、センスのいい上等の子供服を仕立ててくれる店は他になく、母はそこをひいきにし、事あるごとに服を注文しては、先生とあれこれお喋りするのを楽しみにしていた。それでも二号さん問題に関してだけは、最後まで軽蔑の口調を崩さなかった。

「コネで場所の権利を優先的に、しかも格安で手に入れたらしいわね」

母と先生と、そう間を置かずに相次いで死んだが、どちらが先だったか。いずれにしてもその時点で、私に子供服は必要なくなっていた。りこさんは先生の後を継ぎ、会館が老朽化するのに合わせて仕立て屋が衰退してゆく中、今でも店を守り続けている。

「このたびは、ボーイ？　ガール？」

「女の子」

「まあそれはおめでたい」

箱の中には一枚一枚薄紙に包まれたよだれかけが、あふれるほど詰まっている。か弱き幼子の身を包むものは、誤魔化《ごまか》しのない、正統的で堅実な品でなければならない。先代の先生から引き継がれた意思は、当然よだれかけにも反映されている。私は箱の中に手を入れ、薄紙が破れたり、日に焼けて変色したり、虫に食われたりしていない一枚を探り当てる。

「さて、図案はどれにしましょうか。何なりとお好みのものを、どうぞ」

りこさんは引き出しから刺繍《ししゅう》の図案集を取り出し、老いた両腕でどうにかこうにか抱えると、私の前にどさりと広げる。革張りの表紙に『伝統モチーフ図案集』と箔押《はくお》しされた、私の知っているどんな書物よりも分厚くて重い、埃《ほこり》のにおいのする本だ。五十年前からずっと変わらずこの店にある。数えきれないくらい何度もそれをめくってきた私は、何ページあたりにどんな図柄が描かれているかもう十分頭に入っている。馬にまたがる兵隊、星を降らせる天使、蔓薔薇《つるばら》が描く数字、蠟燭《ろうそく》を持つ従者、行進するアヒル、×印に縁取られたアルファベット、ダンスに興じる小人……。心に思い浮かべるだけで、目を閉じていてもそのページを開くことができる。

ここに載っている図案で、りこさんに刺繍できないものは何一つない。りこさんの図案集には、この世で刺繍されるべき事物が一つ残らずすべて網羅されている。

子供はそんなことを考えもしないもので、初めて出会った頃のりこさんが何歳だったのか、今思い返そうとしても上手《うま》くいかないのだが、改めて計算してみれば間違いなく、二十そこそこであったのだろう。しかし今と昔と何も変わっていないように見える。どんな場合でも慌てたりはしゃいだりしないどっしりした感じや、滅多に表情を変えない気難しい様子は、当時からずっと備わっていたし、そういう大人びた雰囲気が五十年後の彼女を既に予言していたとも言える。彼女の前に立つと私はいともたやすく、白い襟とカフスのついた、紺色のベルベットのワンピースを着て、母に手をひかれているお嬢ちゃんに戻ってしまう。

先生はどこか外国でデザインの勉強をしたという触れ込みの、社交的でにぎやかな人だった。ずんぐりと太った体をシックなスーツで包み、ハイヒールを履いて狭い店内を忙《せわ》しなくカツカツと動き回っていた。母が店をひいきにした本当の理由は、ベルベットのワンピースを着た私の写真を、先生がウインドウに飾ってくれたからだった。

「こんなに可愛らしいお嬢ちゃんに着てもらえたら、お洋服だって何倍も上等に見えるわ。まるで王女さまみたいじゃない」

先生のその言葉を母は繰り返し聞きたがった。

「まあ、王女さまだなんて……。実はこの子ね、エリザベス女王と同じ誕生日なのよ、偶然にも」

娘の写真がウインドウの一番目立つ場所にちゃんと飾られているか、他の子の写真と取り替えられていないか確かめるため、母は何度でも店に足を運び、そのたびに必ず誕生日の話題を持ち出した。エリザベス女王は時によって、ヴィクトリア女王やマーガレット王女に変化した。

王女の名が何であろうと、そのワンピースが王女に相応《ふさわ》しい風格を持っていたのは間違いない。ベルベットの光沢は宇宙のように奥深く、襟とカフスの白色は純粋そのもので、裾に向かって広がるギャザーが優美な曲線を描き出している。写真の中の私は、はにかみながらどこか遠くの一点を見つめている。

　店は整理整頓が行き届いていた。片方の壁一面には、長方形の板に巻かれた幾種類もの生地が積み重なり、作りつけの引き出しが並ぶもう片方の壁には、ボタンやリボンやバックルや見本帳が収納されていた。その他、ミシン、ソファー、鏡、マネキン、電話等々、必要なものは何でも揃っていた。左手奥のスペースは作業台一つで一杯になるくらいの狭さだったが、白熱球の光に照らされ、次々と様相を変える作業途中の洋服たちに囲まれて活気があった。

　先生とは対照的にりこさんは背が高く、手足が長く、スポーツ選手と言っても通りそうながっしりした肩幅の持ち主だった。その大きな体を無理矢理折り畳むようにしていつも作業台に座っていた。先生と客のやり取りには口を挟まず、何か問い掛けられても聞き取り辛いぼそぼそした声で、ほんの一言か二言答えるだけだった。

「これ、やらせて」

　母と先生の話が長くなると私はすぐに退屈し、奥の作業場へ潜り込んだ。

「どうぞ」

　りこさんは刺繡用の丸い木枠と、余り布を作業台の隅に押しやった。愛想よく相手をしてくれるわけではなかったが、仕事の邪魔にならない限り、頼みごとはたいてい何でも聞いてくれた。私は二重になった木枠をばらし、間に布を挟み、張り切って金具を締め上げた。子供だましではない、金具の本格的な銀色がお気に入りだった。木枠がギシギシと軋《きし》み、もうこれ以上は我慢できないといった様子で布が目一杯張り詰められてゆく、その感触がたまらなかった。

「どうしてあなただけお仕事しているの？　先生はさぼってるのに」

ソファーでお喋りしている二人を見やりながら私は尋ねた。

「だって……」

作業の手を休めずに彼女は言った。

「私はお針子だもの」

「おはりこ、って何？」

「針を動かす子」

「ふうん」

木枠の軋む音がいよいよ苦しげになってもまだ私はあきらめず、更にもう一回転金具を回せないかと試みた。枠が割れるのと布が破れるのとどちらが先か、ぎりぎりのところまで指先に力を込めた。

「壊さないでよ」

「うん」

「怒られるのはこっちなんだから」

「平気。大丈夫よ、りこさん」

いつしか自分でも気づかないうちに、おはりこさん、と言うのがまどろっこしくなって、りこさん、と呼ぶようになっていた。まるでそれが生まれる前から決まっていた名前であるかのように、彼女はごく当たり前に返事をした。


りこさんの技術は先生も認める高さで、特に刺繡の腕は頭抜《ずぬ》けていた。刺繡に関しては先生も手出しをせず、デザインから仕上げまでりこさん一人に任せていたらしい。ワンピースにしろロンパースにしろ、客の多くは多少値段が高くなってもどこかに刺繡を入れてもらいたがった。よそで買った品を持ち込んで、刺繡だけをオーダーする客も少なくなかった。図案は伝統的なのに、どこかしら特別な手触りがする、と母は評していた。配色、バランス、針のさばき方、糸の選択、何が他の人と違うのか先生でさえも的確には説明できないのだが、ひとたびりこさんが木枠の金具を締め上げ、針を通してゆくと、誰にも真似できない世界がそこに浮かび上がってきた。ワンピースの胸元に咲くお花畑も、ロンパースのお尻で向かい合うリスも、上から付け足したのではなく、布の向こうに隠れていたものたちが何かの拍子にこちら側へ現れ出てきたという自然さをまとっていた。

しかし何より特別なのは、彼女の集中力だろう。刺繍に取り掛かった時は、息さえしていないのではないかと思うほどだった。こうなるともう相手はしてもらえず、仕方なく私は作業台の片隅で、新たな裁縫道具による独自の遊びを編み出すしかなかった。

彼女の目つきは鋭く、針先はただ次に突き刺すべき一点のみを捕らえ、指先の温《ぬく》もりで精気を与えられた糸は、生きもののようにしなやかにこちら側とあちら側を行き来した。大柄な体とは不釣合いに、指はか細かった。針と糸に調和する細さを保っていた。その手の中で、木枠に閉じ込められた布は、されるがままに身を任せる従順な生贄《いけにえ》だった。そうこうしているうちにいつの間にか刺繍糸は、単なる糸ではなく、花粉を頂くめしべになり、濡れた宝石と見紛うリスの瞳になっていた。どんな小さな刺繍でも、りこさんが施せばそれは、幼い者が受け取るべき愛の印になった。

「今度はどんな赤ん坊?」

「音楽関係なの」

「じゃあ、音符はどう？」

「当たり前すぎないかしら」

五十年前と同じ作業台に座り、私たちは一緒に図案集をめくる。台の真ん中には、ジャンパースカートにしたらきっと可愛いだろうと思うチェックの布が広がり、前身ごろの型紙が置かれ、待ち針が打ってある。ついさっきまで、急ぎの注文のために慌しく作業をしていたらしい名残が漂っている。

「これまで何枚、出産祝いを贈った？」

「さあ、とても数えきれない」

「赤ん坊は次々産まれる」

「休みなく」

「私たち以外のところで」

「ええ、そう」

りこさんはうなずく。

「でも心配はいらないわ。刺繍されるのを待ってる図案は、まだまだあるから」

りこさんは背中を丸め、図案集に掌を這《は》わせる。皺が増えたとはいえ、針と糸を操る指の繊細さはまだ十分に保たれている。相変わらず大きすぎる体は、限られた店のスペースに納まろうとするあまり、不自然に縮こまっているように見える。ぼそぼそした喋り方は、合わない入れ歯のせいでいっそう聞き取り辛くなっている。

「この世の赤ん坊、全部のよだれかけに刺繍をしたってまだ余るくらいに」

時折、渡り廊下を歩く人の靴音が響いてくるが、すぐにそれは遠ざかり、どこかへ消え去ってゆく。りこさんは本当にストーブの火を強くしてくれたのだろうか。足元からはしんしんと冷気が立ち上ってくる。ジャンパースカートの型紙はすっかり乾燥し、縁が反り返り、待ち針はどれも錆《さ》びついている。


運がよければ、仕事が一段落したあと、作業台の更に奥にある休憩室へ入れてくれることがあった。肌にチクチクするカーペットが敷かれた、元は納戸と思われる、横に細長い小部屋だった。どんなに工夫して二人座っても、必ず体のどこかがくっつき合うほどの狭さで、ここでどう休憩を取るのか不思議なほどだった。背の届かない高いところにある換気用の小窓から、わずかな光が差し込み、それがいつもカーペットの上にぼんやりした筋を作っていた。

休憩室は私のお気に入りの場所だった。子供時代、足を踏み入れたことのあるあらゆる種類の部屋の中で、ずっとベストワンに輝き続けていた。

「ねえ、お願い」

中に入るとまず、バンザイの格好をしてりこさんに体を持ち上げてもらい、小窓から外を眺めた。そこからは広場が見えた。噴水のしぶきが風に飛ばされてゆくさまや、ベンチに腰掛けてお弁当を食べている人の頭や、素晴らしいスピードで走り抜けてゆく自転車の車輪に目をやったあと、渡り廊下の外壁に沿って真下に視線を移した。渡り廊下は名前のとおり、空中を渡る一本の通路だった。その真ん中にいる自分の足と地面の間には、何もなかった。ただ空中があるばかりだった。りこさんに持ち上げられ、宙ぶらりんになった両足の下には、更なる宙《そら》が広がっていた。

「ねえ見て。私、今、空中にいるの。どこにもつながってない」

晴れ晴れした気分で私は喜びの声を上げた。そんな気持にさせてくれる場所は、作業台の奥に隠れた休憩室以外、他にどこにもなかった。

うなずくでもなく、急《せ》かすでもなく、りこさんは黙って私を持ち上げ続けていた。一度も開けられたことのない窓は枠に埃が詰まり、ガラスは傷だらけで曇っていた。顔のすぐそばにりこさんの頬があり、背中には柔らかすぎる乳房が押し当てられていた。互いの呼吸する音が重なり合って聞こえた。両脇に感じる彼女の手が、ひんやりとしてくすぐったかった。

もう一つの楽しみは、母に内緒でおやつがもらえることだった。休憩室の片隅に置かれた丸い缶には、私が決して買ってもらえない、合成着色料や保存料の入った甘ったるいお菓子が常備されていた。

「さあ、今日は何があたるかしら」

そう言いながらりこさんは、じらすように缶の中身をかき回した。コイン形のチョコレートや小袋に入ったラムネやなかなか溶けないまん丸のキャンディーが、ガサゴソ音を立てていた。

「はい、これ」

りこさんの掌から現れたのは、オブラートに包まれた、テカテカした紫色のゼリーだった。

「ありがとう」

「さあ、早く。お母さんに見つからないうちに」

ゼリーはうっとりするほど甘く、何とも言えない噛《か》み心地で、歯のあちこちにくっついた。できるだけ長く甘さを味わおうとして、歯の間に挟まる欠片《かけら》を舌の先でつついた。

「早く飲み込むのよ」

りこさんはじっと私の口元を見ていた。

ゼリーを全部飲み込んだあとも、なぜかオブラートが溶けずに口の中に残っていた。

「りこさん、駄目よ。これ、セロファンだもの。食べられない」

「そんなことあるもんですか。残さず全部食べるの」

嚙めば嚙むほどそれは皺くちゃになり、いびつな塊になり、口の中のどこにも納まりきらず、尖《とが》った角で舌を傷つけた。

「お母さんに見つかってもいいの？　きっと怒られるわ。盗み食いなんかして」

もうすっかりゼリーの甘味は消えていた。ついさっきまで聞こえていたはずの先生と母のお喋りは途絶え、今にも私を呼ぶ母の声が聞こえてきそうな気がした。

「飲み込みなさい」

視界のすべてをりこさんの体が塞《ふさ》いでいた。えずきそうになるのをこらえながら私は、得体の知れない塊を無理矢理飲み込んだ。

一晩中それは、溶けることも胃に落ちることもできず、喉の奥に引っ掛かっていた。目を閉じると、ゼリーの包み紙を核にした肉腫が盛り上がり、喉を塞ぎ、窒息する自分の姿が暗闇に浮かび上がった。あるいはセロファンから染み出した紫色の毒素が、じわじわと喉に穴を開けてゆくさまが見えた。

九つの時、妹が産まれた。お腹の大きいうちから、母は張り切ってベビー服一式を先生に注文し、生地の選択、ボタンの形、レースの輸入先から、もちろん刺繍の図案に至るまで念入りに打ち合せをした。

それはそれは見事なベビー服だった。不用意に触れるとはらはら舞い散ってしまいそうな、真っ白い砂糖菓子だった。帽子のてっぺんからソックスの爪先まで、デザインには一続きの流れがあり、目につかない細部にも抜かりはなく、素材はすべて最高級品で揃えられていた。それを目にした人は誰もが、感嘆の声を上げた。

妹のベビー服を引き取るために私が一人で店に行ったのは、母の産後の回復が思わしくなく、入院が長引いていたせいだろうか。私はその大事なお使いを一人で任され、そしてまた、滅多にないことだったが、先生は留守で、店にはりりこさん一人しかいなかった。とにかく今ではもう事情は思い出せない。

「ガールは元気？」

りりこさんは言った。先生がいなくてもやはりりりこさんは、作業台の前に座っていた。

「うん」

私は答えた。

「でも、まだ入院してる。お母さんも一緒に」

「あら、そう」

「熱が高くて、おっぱいがあんまり出なくて、困ってるみたい」

「そりゃあ、そうよね」

　ふん、ふん、とうなずきながら彼女は縫い終わりの角に玉止めをし、気持のいい音を立てて糸を鋏《はさみ》で切った。

「だって赤ん坊が出てきたあとも、胎盤がお腹に残っちゃったんだもの」

「たいばん、って何？」

「赤ん坊のベッド」

「ふうん」

　私は刺繍用の木枠を手に取り、手首にはめて二、三度回転させたあと元に戻した。

「それが腐って、お腹の中で膿《う》んだのね」

　りこさんはただ無造作に短く切り揃えただけの髪に針先を突っ込み、頭を掻《か》いた。

「ふうん」

　吐息とも返事ともつかない声を私は漏らした。

「でも、来週には退院できるって、おばあちゃんが言ってた」

りこさんは新しい糸をしごき、中指にはめた金色の指貫《ゆびぬき》に針の頭をぐいぐいと押し付けた。

「いくら何でも、まあその時分には、腐ったベッドも出尽くすでしょうよ」

返事をする代わりに私は、糸切り鋏を手に取り、空《くう》を切った。りこさんほどいい音は出なかった。お使いの目的をどのタイミングで切り出したらいいのか考えあぐね、私は何となくウインドウの写真を見やった。よく晴れた春の日の午後で、渡り廊下には天窓から降り注ぐ光があふれ、空中を横断する人々の足音が響いていた。けれど誰もウインドウの前で立ち止まる人はいなかった。日光の届かない奥まった片隅に、りこさんと私、二人だけが取り残されていた。

「へえ、そうなの?」

妹のベビー服は戸棚の引き出しにちゃんと用意してあった。白い紙箱に納まるよう折り畳まれた産着の上に、帽子と靴下とよだれかけがセンスよく配置され、先生からのメッセージカードが添えられていた。

隅から隅まで何もかも全部が真っ白だった。これを汚さないで家まで持って帰るには、どうしたらいいのだろうかと不安がよぎるほどだった。その白さの中、首元や袖口やソックスの折り返しやよだれかけの縁に、更に深い白色の花が、たった今開いたばかりとでもいうような瑞々《みずみず》しさで刺繍されていた。流線型をした六枚の花弁を持つ、小さな花だった。それらが茎を交差させ、花びらを重ね合わせて幾つも連なりながら、生まれたての赤ん坊を祝福する時を待っていた。

「何ていう花？」

私は尋ねた。

「ツルボラン」

と、りこさんは答えた。

「ツ、ル、ボ……」

「ボーイでもガールでも大丈夫なように、白いお花にしたの」

「ふうん」

「図案集の１０３３ページに載ってる」

「そう」

「冥界の地面に咲いてる花」

りこさんはどこか中途半端な方向に視線を向け、大きな手の細い指で私の頭を撫で、誰に向かってというのでもない口振りで「もう、お姉さんね」とつぶやいた。そうして紙箱の蓋《ふた》を閉じ、リボンを結んだ。

「めいかい、って何？」

「落とさないように持って帰るのよ」

手渡された紙袋は思いの外《ほか》かさ張り、私の体をはみ出し、提げると底が地面に着きそうになった。

「引きずっちゃ駄目よ。水溜りにでも入ったら、全部、台無しになってしまう」

りこさんは念を押した。

「うん、分かった」

私は紙袋の持ち手を握り締めた。

家までの帰り道、りこさんの言ったことを忘れないよう、「めいかい、めいかい、めいかい」とつぶやきながら歩いた。しかし、油断するとすぐ、アスファルトや電信柱やすれ違う大人たちや、汚れたものに触れてしまいそうになるその大きすぎる袋を、どうやって安全に運ぶか悪戦苦闘しているうち、いつの間にか忘れてしまった。


あの店で作った洋服のことは一枚残らず全部覚えている。ウインドウを飾ることとなったベルベットのワンピースはもちろん、パフスリーブのブラウス、民族衣装風吊《つ》りスカート、ツイードのケープ形コート、カシミア製ボレロ、総レースのフレアスカート、麻のサマードレス……。どれも皆、色や形から着心地、それを身につけて出掛けた場所まで思い出せる。と同時に、それぞれに施された刺繡の手触りが蘇《よみがえ》ってくる。あるものは袖口の内側に遠慮がちに隠れつつ、守護天使のように私を見守り、またあるものは胸元の一番目立つ場所に陣取り、邪悪なものを追い払う護符となっていた。

あんなに大事にしていたのに、どうして私の体はあれらが着られなくなるほどに大きくなってしまったのだろう。体など小さいままで構わないから、ずっとあの洋服たちを着ていたかったと、今でも思う。

一度だけ偶然、店の外でりこさんを見かけたことがある。夕暮が迫る時刻、町で一番にぎやかな通りを、一人歩いていた。作業台の前で大きすぎる体を持て余している普段の様子とは異なり、大またでぐいぐいと人の波をかき分けていた。声を掛けるきっかけを見つけられず、黙って私は後をつけた。

荷物はなく、手ぶらだった。針も刺繡糸も持っていない両手はひどく間が抜けて見えた。空っぽの両手を持て余し、自分で自分の十本の指をどう扱っていいのか分からないまま、仕方なく大げさに手を振って歩いている、という風情だった。時折立ち止まっては看板を見上げたり、点《とも》りはじめたばかりの町の明かりが反射するウインドウに自分の姿を映したり、建物と建物の隙間を覗き込んだりした。そうして再び前方に向き直り、どこまでも歩いていった。まるでこの世に、自分の足跡で刺繍を施そうとしているかのようだった。誰一人振り返る者はなく、呼び止める者もなく、風さえ後を追いかけようとはしなかった。やがて私はその後ろ姿を見失った。

十三歳の冬、ピアノの発表会で着るドレスを注文した。それが最後だった。生地はレモンイエローのシルクで、襟にはビーズの縁飾り、背中には大きなサテンのリボンがあしらわれ、ハイウエストの切り替えから裾までスカートがふんわりと広がっていた。舞台に立ち、お辞儀をしてピアノの前に座ると、膨らんだスカートに照明が当たって、一面に広がる王冠の刺繍がほのかに浮かび上がった。私が弾いたのは『亡き王女のためのパヴァーヌ』だった。

誰がそう決めたのか、あの発表会以降、私は子供服を卒業した。りこさんに抱っこしてもらわなくても、いつの間にか休憩室の小窓にやすやすと背が届くようになっていたし、缶のおやつを美味《おい》しいとも思わなくなっていた。この店で作った洋服を着たところで、自分が王女さまになれるわけではないと、もう十分に承知していた。王女さまの地位は、妹に移行していた。

最後のドレスの仮縫いに行った時だった。休憩室でりこさんに、ある頼みごとをした。

「家庭科の宿題、手伝ってほしいんだけど……」

「宿題？」

「ハンカチにイニシャルを刺繡するの」

りこさんは教材のセットを手に取り、さほど興味もなさそうな表情で中身を取り出した。

「アルファベットの下絵はもう写してあるから、あとは説明書にあるとおり刺繡するの。ここがバックステッチでしょう、こっちがランニングステッチ、ここがチェーンステッチで……最後のここがフレンチノットステッチ」

「へえ」

「明後日が提出期限なの」

「急なのね」

「学校のロッカーに入れたまま、すっかり忘れてて……どう？」

「いいわよ。やってあげる」

あっさりとりこさんは言った。

「間に合う？」

「お安いご用」

「お母さんには内緒にしてね」

「うん」

りこさんの背中越しにお菓子の缶が見えた。もう長い間開けられていない缶は模様がはげ落ち、蓋がへこんでいた。たぶんチョコレートもラムネもキャンディーも溶けてくっつき合い、いびつな塊になり、ゼリーの紫色に毒されて虫が湧いているだろう、と私は思った。

「こっそり、お願い」

内緒のお菓子の時よりも慎重に、私は念を押した。

「もちろん」

りこさんは言った。

しかし私の一番の心配は、母にばれることではなく、刺繍が綺麗すぎて先生に怪しまれるのではないか、という問題だった。それほどハンカチのイニシャルは見事だった。安っぽい一枚の布切れが、片隅にたった二つ、文字を刺繍されただけで優美な服飾品に変身していた。

私はうっとりとしてそのイニシャルに触れた。ステッチの種類も糸の選択も説明書にあるとおり、完全だった。きちんとアイロンが当てられ、四つ折りにされ、スチームかりこさんの体温か、まだどことなく温かさが残っている気がした。

私はハンカチを裏返した。りこさんの刺繍が、表と等しく裏も美しいことを私はよく知っていた。ふと、爪の先が糸に引っ掛かった。ほんの微《かす》かな一瞬だった。はっと思う間もなく、するすると糸が解けていった。あらかじめ定められた決まりに従うように、りこさんの手つきをなぞるように、アルファベットはごく自然に一本の糸に戻っていった。気がつくと、ついさっきまで目の前にあったはずの一文字がなくなっていた。何が起こったのか確かめずにはいられない気持で、残りの一文字の糸に爪を掛けた。ただ同じことがもう一度起こったに過ぎなかった。小さな針の穴の連なりだけを残し、私の名前は宙に溶けて消えてしまった。

「音符が平凡すぎるとなると、さて……」

りこさんが更に図案集をめくる。ページのめくれる微かな風に乗って、どこからともなく埃が舞い上がる。私はよだれかけの紐を蝶々結びにし、解き、また結び直す。渡り廊下に射す光の加減で、日が空の高いところへ昇ろうとしているのが分かるが、日差しはどうしても店の奥にまでは届いてこない。りこさんと私、二人は薄ぼんやりした暗がりに包まれている。

「もう決めているの」

私は図案集を閉じる。

「こんなものを見なくても、刺繍してほしい図柄はちゃんと……」

りこさんが視線を上げる。

「ツルボラン。冥界の地面に咲く花。１０３３ページ」

そう、私は注文する。

変色し、半ば破れかけ、折れ曲がった写真の中で、ベルベットのワンピースを着た亡き王女が、私たちを見つめている。

かわいそうなこと

今のところ僕の手元にある、かわいそうなことリスト、のトップに挙げられているのはシロナガスクジラだ。その子とは社会科見学の時に行った自然史博物館で出会った。地面には置き場所がないから、まあ許してくれたまえ、とでもいう感じで天井から吊るされ、宙に浮いていた。しかも全身、骨だった。

「シロナガスクジラは地球上で最も大きな動物です。過去に絶滅したすべての動物を合わせても一番です。ここに展示している骨格標本は体長三十メートル、体重は百七十トンあります。食べ物はオキアミです。ニューファンドランド島の海岸に打ち上げられているところを発見されました」

博物館の人が説明してくれている間中ずっと、クラスの皆は「でか」「でかすぎ」「ありえない」とざわざわお喋りし、先生がいくら注意しても聞かなかった。

僕は黙って骨を見上げ、心の中でつぶやいた。

「もう分かったよ。それ以上言うな。この子だって自分が大きいことくらい、よく分かってるよ」

だから本来ならばこの言葉を使いたくはないのだが、確かにシロナガスクジラは、大きかった。他に表現の仕様が思いつかなかった。

骨はちょうどいい具合に焼けたクッキーのような色をしていた。長持ちさせるために薬でも塗ってあるのか、時間が経てば自然とそうなるものなのか、表面は滑らかで、てかてかして見えた。体長の四分の一くらいを占める顎は、上下の骨が合わさって緩やかなカーブを描き、その付け根にある胸びれは人間の手とそっくりの形をし、あとは背骨がどこまでも長々と続くばかりだった。背骨を構成する骨たちは皆同じ形を持ちながら、先頭から最後尾まで大きさが少しずつ小さくなっていた。何もかもすべてが左右対称だった。大きすぎるせいで隅の方には規則が行き届いていない、などといういい加減なことにはなっていなかった。どの骨もお利口に自分の居場所を守っていた。

真下に立ち、どんなに目を見開いても、彼（僕は勝手に男の子だと思い込んでいる。どこの骨でそこのところを見分けるのか、博物館の人は教えてくれなかった）のすべてを瞳に映すのは不可能だった。頭に焦点を合わせれば背骨が途切れ、尾《お》まで網羅しようとすれば顎の先が視界から消えた。月でさえ丸ごと目に収まるのに、この子ははみ出してしまうのだった。

体長は十一階建てのビルに相当するとか、舌だけで象一頭分の重さがあるとか、博物館の人は相変わらず彼の巨大さを強調する話ばかりしていたが、月より大きいという自分の発見の方に僕は心奪われていた。そんな体を持って生まれる人生がどんなものなのか、僕には想像もできなかった。大勢の友だちと一緒にわいわい楽しんだり、逆に岩陰に隠れてのんびり静かな時を過ごしたりする自由は与えられていない。これほどの存在感を持ちながら、小さな目の魚にとってはただの闇でしかないという矛盾を突きつけられている。自分の尾なのにそこは異国の地のように遠く、たとえ友だちになりたいと思った誰かがそこを舐めて合図を送ってくれたとしても、返事が届くのは待ちくたびれて皆が立ち去ったあとだ。本当ならセイウチでもシャチでも一発でやっつけられるのに、遠慮して小さなオキアミしか食べない。自分で自分の体全体を見ようとしても自らの大きさに邪魔され、結局、自分がどんな生きものなのか知らないまま一生を終える。象やビルと比べられ、何かにつけ大きいの一言でくくられ、挙句の果てには骨をさらされている。

もっと僕をいたたまれない気持にさせたのは、実物と同じ大きさで作られた心臓の模型だった。ゴム製のそれはくすんだ赤色をし、表面に凹凸があり、言うまでもなく十分に大きかった。動脈と静脈は人が悠々すり抜けられるくらいの太さがあった。クラスメイトたちはピノキオにでもなった気分で心臓によじ登り、万歳をしたり腹ばいになったりして次々血管を滑り降りていった。僕は彼の心臓を遊び道具にすることなどとてもできず、尾びれの最後の骨の下にただ黙って立っていた。僕に気づいて声を掛けてくる友だちは一人もいなかった。

皆が潜り込むと、柔らかいゴムがもごもごして、本当に心臓が動いているように見えた。ニューファンドランド島の海岸に打ち上げられ、人々から無遠慮に写真を撮られたり棒で突《つっ》かれたりしながら、それでも弱ってゆく体でどうにか最後の鼓動を刻もうとしている心臓だった。

そのあと何を見学したのか、一つも覚えていない。本当はシロナガスクジラのそばにずっといたかったのだが、そんな勝手が許されるはずもなく、先生に促されるまま列の最後にくっついて歩いた。でも心の中はあの子で一杯だった。目には入りきらないけれど、心の中には顎から尾まで全部が収まった。そのうえ吊るされた骨ではなく、海にいた時と同じ、肉も鰭《ひれ》も噴気孔もついた本当の姿に戻っていた。

地図も持たずに君は、尾びれを振り上げ、背骨をしならせ、僕の中を泳いでゆく。きっと賢い君だけに見分けられる印があるのだろう。ちっとも迷ったりしない。小さな魚たちを驚かせないよう、動きはあくまでもゆったりしている。海流が君のすべすべした体を包んでいる。他の誰も真似できない雄大な移動が為されているとはとても信じられないくらいに、あたりは静けさで満たされている。

もし神様が「順番に並んで」と号令をかけたら、一番に返事をして先頭に立たなければならないのは君だ。勇気あるものにしか務まらない役目だ。絶滅した動物たちを動員しても尚、君の代わりになれるものはいない。全世界を従え、月にも優る尊さを内に秘め、最も強い風を受けながら、たった一人耐えている闘士。それが君なんだ。

かわいそうなことリストを記録するためのノートはお兄ちゃんにもらった。元々はお兄ちゃんが野球のスコアをつけていたノートだった。去年の秋、チームが地区大会で優勝した時、ご褒美に正式なスコアブックをパパからプレゼントされ、いらなくなったお古を僕にくれたのだ。だから最初の方のページには、打点3とか左二塁打とか捕エラーとか、わけの分からないことが書いてある。そこのところは飛ばして、そのあとのまっさらなページからがいよいよ僕のノート、ということになる。

これは誰にも見せないと決めている。病気で長い間入院しているおばあちゃんにもし頼まれたとしても、たぶん心を鬼にして断るだろう。ましてやママの目に触れたりすれば大変なことになるから、テストや宿題のプリントやドリルを仕舞っている机の引き出しの、一番奥に隠している。いつだったか奥に突っ込みすぎて引き出しのどこかに引っ掛かり、表紙が折れ曲がってしまった。ただ、油性ペンで精一杯丁寧に書いたタイトル［かわいそうなこと］が歪《ゆが》み、本当にかわいそうな雰囲気を醸し出す結果になったのは、ノートのためにはむしろ好都合だったかもしれない。

正直に告白すれば、気持をありのままに記すのはとても難しい。自然史博物館から帰って来た日も、すぐにノートを開き、シロナガスクジラについて書こうとしたのに、いざ鉛筆を手にしてみると、どこからどう始めていいのか混乱するばかりだった。心の中で間違いなくシロナガスクジラは泳いでいる。海面に透ける流線型の影も見えるし、海流を震わせる心臓の鼓動も聴こえている。もちろん骨一個一個の形までも再現できる。なのに言葉は浮かんでこない。

僕と机の上のノート。見た感じではさほど離れてはいない。手を伸ばせばすぐに触れられる。けれどいざ心の中身をページに移動させようとすると、途端に果てしもない空白が現れる。それが不思議でたまらない。

僕は鉛筆を握りしめ、空白をじっと見つめ、かわいそうな気持があふれそうになるのを感じつつ、どうにか二言三言、書きつける。的確な言葉を見つけたというのではなく、苦し紛れに吐き出したという感じだ。そういう言葉たちは四球、代打、三振、と同じくらい頼りなく、たどたどしい。

かわいそうなことは、もっと正確な言葉で記録されるべきだ、そうでなければ本当の慰めになどならない、とよく分かっている。ノートを広げるたび、僕は申し訳なくてたまらなくなる。シロナガスクジラの心臓で遊んでいた子より、自分の方がずっと残酷なのではないか、という恐れにさいなまれる。

鉛筆が止まったあとも、すぐにノートを閉じる気になれず、いつまでもページの白いところを見つめながら、リスト入りした彼らについてあれこれ思いを巡らせる。世界中が君を馬鹿にしたって、僕だけは味方だと、空白に向かって語り掛ける。そうやって僕なりに罪滅ぼしをする。

ツチブタと引き合わせてくれたのはシロナガスクジラだった。全動物の先頭に立ちながらちっとも偉そうにしない彼だから、私などリストのトップに挙げていただくほどのものではございませんと遠慮して、引っ込み思案のツチブタを前に押し出してきたのかもしれない。シロナガスクジラについてもっと調べるため、図書室で借りた動物図鑑をめくっている時、ふと手を止めたページにツチブタがいた。

たぶんシロナガスクジラが導いてくれなかったら見過ごしていただろう。それくらいツチブタは地味な容姿をしていた。胴体はずんぐりとし、脚は短く、毛は名前のとおり土色で、顔が細長いという以外、他に取り立てて目を惹く特徴はなかった。ベンガルトラやマウンテンゴリラがカラー写真で数ページにわたって紹介されているのに比べ、ツチブタの説明は一ページの半分にも満たなかった。しかしその説明の中に、決して無視できない文章が隠されていた。

『管歯目ツチブタ科に属するたった一つの種。先祖は不明。親戚のいない天涯孤独の動物』

詩の一節を暗唱するように、僕は繰り返しこの文章を黙読した。すぐに覚えて空でも言えるようになった。管歯目ツチブタ科に属するたった一つの種。先祖は不明。親戚のいない天涯孤独の動物。

窓越しに、運動場で三角ベースをする男子たちの声が聞こえていた。遊エラーや投ゴロや死球のために大騒ぎをしながら、跳ね回っていた。教室に残っている女子は漫画を描いたり、ビーズで腕輪をこしらえたりしていた。僕が発見した一文についてなど、誰も興味を示しそうにはなかった。僕は一刻も早く家に帰ってノートを広げ、ツチブタを仲間に迎え入れてやりたかった。

ベンガルトラと猫も、マウンテンゴリラと人間も、同じ幹から枝分かれした親戚同士だ。枝をたどってゆけば、何千年、何万年かかるかもしれないけれど必ずどこかで出会える。もっと先に進んでゆけば、懐かしい先祖にたどり着く。どんなに似ても似つかない見た目をしていようが、神様の隠したホックでパチンとつながり合える。生きものたちは皆大きな一つの森なのだ。ただ一人、ツチブタだけを除いて。

お兄ちゃんの卒園アルバムの集合写真で、一人だけ片隅の丸い輪の中に押し込められている子がいたが、ツチブタの立場もそういうものなのだろうか。もっとも、写真撮影の日に水《みず》疱瘡《ぼうそう》になって欠席したその子はお兄ちゃんの友だちで、いつも僕に意地悪をしていたから、かわいそうなことリストには入れてやっていない。

きっとツチブタは水疱瘡の子のような間の抜けた巡り合わせのために、天涯孤独な状況に陥ったのではないと思う。そこにはもっと深遠な現象が起こったはずだ。世界に何万種類の生きものがいるか知らないが、その中でたった一種類、皆のいる森から隔離されるなどという事態が、そう安易に発生してもらっては困る。これは地球の歴史上、最も神秘的で、だからこそ麗しいばかりの苦悩に満ちた偶然なのだ。

神様が描いた設計図に従い、生きものの樹は各々の芽を開き、枝葉を伸ばしてゆく。この世界と調和するため、工夫を凝らし、失敗を重ねながら、親類友人同士支え合ってささやかに前進してゆく。次々と生きものたちは誕生する。樹はどんどん立派になる。いくら複雑に見えても、どの枝先も幹とつながっている。

ところがある日、自分は特別な寵愛《ちょうあい》を受けていると思い込んでいる、美しい色の翼を持った生きものが、その姿を褒めてもらおうとして神様の肩に留まる。自慢屋のその子が気取って羽ばたいた時、今まさに開こうとしていた一つの小さな芽が、翼の巻き起こす風にあおられ、森から弾《はじ》き飛ばされて平原の真ん中にぽつんと落下する。一瞬と一瞬の間に挟まれた、あまりにも密《ひそ》やかすぎる空洞で起こった出来事のために、目撃者は一人もいない。その芽が本来どの枝と手を結び合うはずだったのか、もはや神様にも分からない。それが、美しい色とも、空を舞う華々しさとも無縁の、ツチブタである。

絶対にこんな死に方だけは嫌だ、と常々僕が思っているのは、かくれんぼで遊んでいる時、ゴミ捨て場の冷蔵庫に入り込み、誰にも見つけられないまま窒息死するというものなのだが、ツチブタは取り残された孤独な場所で、あきらめずに生き延びた。それだけで十分尊敬に値する。かつ、ツチブタ自身には何の落ち度もない。水疱瘡の予防注射をさぼったわけでも、壊れた冷蔵庫の扉を面白半分に開けたわけでもなく、他の皆と同じように、ただ芽吹きの順番を待っていただけなのだ。

「ツチブタのいる動物園を調べたいんですけど」

図鑑を返却する時、勇気を出して図書室の先生に尋ねてみた。先生が優しい人だというのは以前からよく分かっていた。僕が三年連続、年間貸出冊数ナンバーワンになった時、手作りのメダルで表彰してくれたからだ。

「えっ？　ツチ……」

聞き慣れない動物の名前に、先生は怪訝《けげん》な表情を浮かべた。

「ツチブタです」

僕ははきはきとその名を繰り返した。

結局先生は、高等部の図書室にある全国動物園便覧を特別に持ち出し、ツチブタを飼育しているところを調べ、園の名前と電話番号をメモしてくれた。

それは、僕のノートに記載された［かわいそうなこと］よりずっと短いリストだった。そのうえ、自分一人で行くには遠すぎる場所ばかりだった。

「ツチブタって、あまり人気がないみたいね」

先生の口からそんな言葉は聞きたくなかった。口調に悪気がない分、余計にがっかりした。

「でもどうしてツチブタなの？」と尋ねられる前に、僕はお礼を言って図書室を後にした。

会いに行けなくて残念だ。ノートを広げて僕はつぶやいた。動物園の中でも君の家はやっぱり外れた片隅にあるのだろうか。真ん中の特等席はライオンや象に譲ってやっているのだ。でも、何千万年も一人ぼっちで生き延びてきた君だから、むしろ隅っこの方が居心地がいいのかもしれない。そうであってほしいと思う。

もし、外見がパッとしないからと言って、説明パネルを読もうともせず素通りしてゆく見物客がいるとしたら、僕が代わりに謝るよ。目の前にいるのに土と見分けがつかず、空っぽの檻《おり》だと勘違いする者や、「何これ」と一言つまらなそうに吐き捨てる者や、他にももっといろいろいるかもしれない。全部まとめて僕が頭を下げる。愚かな人間たちをどうか許してやってほしい。

彼らは知らないだけなんだ。君がどれほど精巧で頑丈で美しい手を持っているか、ということを。

荒野に取り残され、ぐるりとあたりを見渡して、仲間はいないと悟った君は、ひたすら地面を掘り続けた。空中に腕を伸ばしても手をつないでくれる者は誰もいないのだから、残された進むべき方向は足元だけだった。食糧を得るため、敵から隠れるため、寝床を確保するため、君はうつむき、鼻の穴を閉じ、素晴らしいスピードで両手を動かしてゆく。鍛え上げられた筋肉と爪で硬すぎる土壌も石もお構いなしに打ち砕き、と同時に土砂を掌に集めて後方へ投げ飛ばし、視界を良好にしながら更なる土の壁に挑む。指先には鋼鉄と変わらないカバーが装着され、各関節は自在に連動しながら複雑な角度を生み出し、その角度に合わせて筋肉は最も効率のいいパワーを送り込む。

君は一組の手に、シャベルと箒《ほうき》の両方を備えた。ただ、手、の一言で済ませられるものに、美を与えた。

もちろんリストに挙げるのは動物ばかりではない。ちゃんと人間もいる。例えばママが愛読しているゴシップ雑誌の後ろの方に載っていた、一枚の写真。そこは毎号、古い映画スターの生涯を紹介するページで、その時僕の心をとらえたのは、ある女優が主演して大ヒットしたデビュー作の、撮影風景を写した一枚だった。女優の名前は忘れてしまったが、そんなことは問題ではない。日光の降り注ぐ、ヤシの木の生えたどこかの海辺。椅子に腰かけた背広姿の中年男性を中心に、全部で五人の人物がレンズに向かっている。主役の女優は古風なデザインの、Vネックの夏用ワンピースを着て、髪にカーラーを巻いたまま、愛らしい笑顔を向けている。むき出しの腕と胸元に、若々しさがあふれている。他の人々も皆リラックスした様子に見える。写真の下には小さな字で、写っている彼らの名前が書いてある。

『左から主演の○○、監督の○○、相手役の○○、一人置いて共演の○○』

この、一人置いてゆかれた人は誰なんだ。どうしてちゃんと名前を書いてあげないのだ。こうして一緒に写っているのだから、通りすがりの見知らぬ誰かというわけではないだろう。一人置いて、と書く間があるなら、苗字くらい記してあげたっていいじゃないか。

その人はママより少し若いくらいの女性だった。太ってもいないし、痩せてもいなかった。確かにスターのような派手さや監督のようなカリスマ性とは無縁で、五人の中では一番影が薄かった。質素なブラウスに膝丈のプリーツスカート。お化粧気はなく、海辺には不似合いな革靴を履いている。更にはタイミングの悪いことに、風で乱れた髪が顔の半分を影にしている。他の四人がお互いさり気なく腕を取り合ったり、背中に手を回したりしている中、彼女だけは誰にも触れていない。ちょっと遠慮気味に、半歩後ろに下がって半身になっている。表情がどこかぼんやりしているのは影のせいばかりではなく、そこだけピントが甘くなっているからだろうか。あるいは太陽が眩《まぶ》しすぎて、目を細めているのかもしれない。

しかしとにかく、どうであっても、彼女が一人置かれる理由にはならない。彼女だってこの映画のために、何かの役目を果たしたはずだ。緩んだカーラーをピンで留め直したり、ワンピースにアイロンをかけたり、冷たい飲み物を買いに走ったり、腕をマッサージしたり、靴に入った砂を出してあげたり……。

「ねえ、この人知ってる？」

僕はママに雑誌を開いて見せた。

「まあ、懐かしい」

にこにこしながらママは言った。

「皆、何て若いの。とっても可愛いし、ハンサム。でも、死んじゃった。この人も、この人も、この人も……」

ママの指は写真の人物を一人一人差していった。そして彼女の上を素通りした。まるでそんな人物など最初から写っていないとでもいうかのようだった。

「皆死んだの？」

「そうよ。だって七十年も前の写真だもの」

死者になっても尚、一人置いてゆかれる彼女をたまらなく気の毒に思うと同時に、死が平等であることに、僕は多少の安堵《あんど》を覚えた。名前を記してもらえる人ももらえない人も、指差してもらえる人も素通りされる人も、七十年経てば全員平等に死ぬのだ。

ママが雑誌を廃品回収に出す前、こっそり写真を切り抜いてノートに貼りつけた。他にもノートには、リストにまつわるもろもろ、入場券や新聞記事や栞《しおり》や絵葉書を貼っていた。上手く文章で埋められないページを、そうやって誤魔化しているのではと勘違いされるのは嫌だったが、糊《のり》が乾いてページが波打ったり、厚みと重さが増したりしてノートが変化してゆくのを感じるのは心地よかった。リストが増えるにつれ、ノートはより自分の手に馴染《なじ》んできた。ノートの奥に隠された小部屋の鍵を持っているのは僕だけだった。そこは、世界のあらゆる場所に潜むかわいそうなことを救出し、匿《かくま》うための小部屋だった。

ゴシップ雑誌から僕のノートに引っ越したあとも、一人置いて、の彼女は相変わらず髪の影に表情を隠しつつ、半歩後ろの位置を保っている。じっくり眺めれば、その影が彼女に思慮深さを与えているのだと分かってくる。半歩分だけ彼女は人々より先に死の影に近づいている。他の四人が笑顔を振りまいたり、才能を見せつけたりするのに夢中になっている間、彼女だけが早くも、自分たちの背後に忍び寄ってくる気配をキャッチしている。そこにいるのかいないのか、うっかりした者には区別がつかないほどひっそりした位置に立ち、他の誰よりも遠いところへ視線を送っている。

かわいそうなことの基準がどこにあるのか、それは微妙すぎて自分でも上手く説明できない。ただ、はっとする瞬間が訪れるのだ。小さな鈴が鳴るようでもあるし、灯台の光がまたたくようでもある。

新聞を広げればいくらでも残酷な事件や信じられない事故は載っているが、僕は決して世界中のすべてのかわいそうなことを一人で引き受けようとしているのではない。世界には僕以外の担当者もいて、各々が自分に任せられた範囲で全力を尽くしているのだと承知している。それぞれノートによって、小部屋のインテリアにも違いがある。だからそのかわいそうなことにとって、最も居心地のいいソファーを勧めてあげなくてはならない。

豚の脂身をどうやって処分しようか考えあぐねている給食の時間、あるいは底に足をつけたまま、泳いでいる振りをするため悪戦苦闘しているプールの時間、時折、他の担当者について考える。皆がんばっているかなあ、と思う。一生懸命かわいそうなことを見つけ出し、せっせとノートに記録している様子を想像する。そうしながら脂身を飲み込み、目をつぶって水を掻く。

僕が一番心配なのは、自分の担当のかわいそうなことを見落としてしまう事態だ。彼らは皆図々しさとは無縁だから、自ら無遠慮に押しかけてきたりはしない。僕がうっかりしていると、彼らはいつまでも安住の地を見つけられず、この世をさまよい続けなければならない。今こうしている間にも、僕を待っている誰かがいるかと思うと、居ても立ってもいられない気持になる。

いかなる時も僕は油断せず、神経を張り詰めている。誰が僕に割り振ったのかは不明だけれど、とにかく自分の担当を全うすることに全力を尽くしている。

唾液腺の実験のため、頬に穴を開けられたパブロフ博士の犬。ギネス記録挑戦大会で、バスタブ二十六杯分のホットココアを製作中、巨大鍋に落下して大火傷を負った村長。牧場から脱走し、二年後、全身伸び放題の毛に覆われた姿で発見され、新種の珍獣に間違われた羊。

僕に割り振られている担当は本の中なのだろうか。かわいそうなことに出会うのは、図書室で本を読んでいる時が多い。しかし、ライトの彼は違う。あの子には実際に会ったこともあるし、顔も名前も知っている。そういう人がリストに入るのは、とても珍しい。

彼はお兄ちゃんと同じ野球チームのメンバーだ。僕にそんなことを言う資格がないのはよく分かっているが、下級生を合わせても、チームの中で一番運動神経が鈍い。バットと同じくらい痩せている彼は、打席に立てば、ふらふらせずにヘルメットを被っているだけで精一杯という有様だったし、グローブをはめるとたちまち拷問器具に拘束されたかのように動きがぎくしゃくして、とてもボールをキャッチするどころではなくなった。足は遅く、声は小さく、ルールだってきちんと覚えているかどうか怪しかった。

我が家では、試合のある日は必ず家族で応援に行くのが決まりだった。お兄ちゃんはたいてい二塁を守り、三番か五番を打っていた。エースで四番の子とともにチームの中心を担い、監督や仲間や保護者たちからも信頼されていた。

「あいつはセンスがいい」

パパはよくそう言ってお兄ちゃんを褒めた。体力や技術は練習でいくらでも向上させられるが、センスは選ばれた者だけが手にできる特権らしかった。

パパとママはバックネット裏にある保護者席の最前列に陣取る。どんなに試合が長引いても大丈夫なように、いつもたっぷりの軽食と柔らかいクッションを用意している。パパはビデオを撮り、ママは手作りの旗を振る。

僕は二人とは離れ、外野とつながった斜面の木陰に一人座る。家族一緒に試合を応援するのは決まりかもしれないけれど、同じ場所に座る約束はしていない、野球場はこんなに広いんだから、と自分で自分に言い訳している。

野球チームに入れる規定の学年になった時、学校の健康診断で腎臓の値に異常が発見され、用心のために激しい運動は控えた方がいいでしょうと言われて僕がどれほどほっとしたか、パパもママも知らない。それは病気の苦痛を打ち消して十分に余りある安堵だった。野球をさせられるくらいなら、スナック菓子を我慢したり、膀胱《ぼうこう》に管を差し込まれたりする方がずっとましだった。

パパは最初のうち、自分の息子が野球ができない、という事態を受け入れるのに戸惑っていた。野球を知らないままどうやって成長できるのか、見当がつかないといった様子だった。もしかすると、パパにとってはそのことの方が病気の心配よりも重大なのかもしれない。一瞬だけ僕はそういう疑いを持ち、すぐに自分で打ち消した。

ライトの彼には毎試合出会えるわけではない。彼が登場するのはさまざまな条件が整った場合に限られる。大量得点でリードしている、あるいは負けている試合、九回最後の守り、代打代走で選手を使い尽くし、残っているのは彼ただ一人、そのことに気づいたコーチが情け心から審判に告げる。

「ライトの守備交代」

その頃にはもう皆、大方決着のついた長々とした試合に疲れ、誰がライトを守るかなど気にもしていない。皆の頭にあるのはただ、早く試合を終わらせることだけだ。

誰にも見送られず、君はベンチからライトまで重い足取りで駆けてゆく。ずっとベンチに座りっぱなしだったせいで、体はぎくしゃくしている。あまり使われる機会のないグローブは妙にてかてかとし、革の嫌なにおいがして、いくら指を曲げたり伸ばしたりしても手に馴染まない。

君は僕の前で立ち止まり、センターやベンチの方向を見やっては、落ち着きなくスパイクの先で地面を突く。守備位置はこのあたりでいいのかどうか、自信が持てないでいるのが分かる。でもどこからもオッケイの合図は送られてこない。仕方なく君は「よおし」とか「おう」とか、何かそれらしい掛け声を上げる。僕だけがその声を耳にする。白すぎてだぶだぶしたユニフォームのせいで、君の体はいっそうか細く見える。

君はただひたすら、ライトにボールが飛んでこないことだけを祈っている。その祈りは、早く試合が終わってほしいという皆の願いよりもずっと切実で清らかだ。君が恐れるのは、ライトフライを落球してあたふたする無様な自分ではなく、試合時間を更に延ばして皆をうんざりさせてしまう自分なのだ。

チームのために果たせる唯一の役割は何か、君はよく心得ている。ライトにボールが飛んでこないよう祈ること。ピッチャーがボールを投げ、野手がアウトを取り、捕手がホームを守るのと同じように、君も必死で戦っている。

もしボールが外野を転々としたら、僕も一緒に追いかけるよ。君に負けず劣らず野球は下手だけど、多少の手助けにはなるだろう。どうせ審判からは遠く離れているんだ。少しくらいずるをしたってばれやしない。

いつだったか図書室の先生が風変わりな小説の話をしてくれたのを僕は思い出す。とある野球場のライトにだけ長雨が降って、右翼手に黴《かび》が生えるのだ。題名もストーリーも忘れてしまったのに、そのエピソードだけが記憶に残っている。君を見るとその選手を思い出す。君の心の中に降っている雨の音が聞こえてくる。もしライトにフライが上がったとしたら、もたついた足取りでボールを追い、奇形の左手をおずおずと宙に差し上げる君の、乱れた息と一緒に黴の胞子が吐き出される。

試合はまだ続いている。ボールがバットに当たる音が響くたび、君はびくっとして後ずさりする。手を伸ばせばすぐ届きそうなところに、背番号がある。腎臓の検査の数字が少し違っていれば君だって、重すぎるヘルメットや言うことを聞かないグローブに難渋しながら、こんな野球場の片隅でびくびくしている必要などなかった。息もできないほど黴に肺を侵食されることもなかった。

君は僕の身代わりなのだろうか。ずっと心に引っ掛かっていた言葉を、ようやく僕は口に出してみる。君は何も答えない。頭上をはるかに超えてゆくボールをなすすべもなく見送り、それでも気休めに見当はずれな方向へグローブを差し出し、失笑と野次を浴びながら、一人皆に背を向けてどこか遠くへ走り去る右翼手。それは君ではなく、僕でもよかったはずなのに、君は文句も言わず、僕の分まで重荷を背負って恐怖に耐えている。

ライトの彼について、僕は普段にも増して丁寧な字でノートに記録を書く。一つ心配事がある。ノートがもう残り少ないのだ。これを全部使いきってしまったら、あとはどうすればいいんだろう。勉強以外に使うノートをママが買ってくれるとはとても思えないし、使い道を説明してママを納得させる自信はない。

しかし僕の心配になどお構いなしに、かわいそうなことはどんどん増えてゆく。世界がこんなにもたくさんのかわいそうなことにあふれ、ノートからはみ出しそうになっているというのに、なぜ皆平気でいられるのか、僕には理解できない。担当者はちゃんと足りているのだろうか。せっかくかわいそうなことを見つけたのに、匿ってあげる部屋が用意できなかったら、一体僕はどうしたらいいのだろう。心配はいっそう募る。

かわいそうなことはどこにでも潜んでいる。何気なく曲がった角の突き当たりに、ふと視線を落とした足元に、昨日まで素通りしていた暗がりの奥に、身を隠している。僕はひざまずき、彼らを両手ですくい上げる。自分の生きている世界が、かわいそうなことばかりで出来上がっていると、薄々感づきながら。

一つの歌を分け合う

水曜の夜、仕事を早めに切り上げて帝国劇場へミュージカルを観に行った。急な都合で使えなくなったチケットを一枚、先輩が譲ってくれたのだ。

正直なところ最初はさほど乗り気ではなかった。納期の迫った案件がいくつかたまっていたし、特に観劇が趣味というわけでもなかったからだ。もし演目が違っていたら、たぶん断わっていただろう。

「『レ・ミゼラブル』なんだけど」

しかし先輩がそう言った時、僕は思わず「えっ」と短い声を発してチケットに視線を落とした。レ・ミゼラブル、という一言を、自分だけに聞こえる声でもう一度つぶやいた。不意にどこからか、ささやかな偶然が舞い降りてきた気がした。その偶然のしるしをそっと掌におさめるようにして、僕はチケットを受け取った。

劇場は驚くほど変わっていなかった。満員御礼の立て札、高い天井に響くロビーのざわめき、降り注ぐ柔らかな光、赤い地のキャストボード、薄紫色の絨毯、優美な階段、ステンドグラス、両膝をつき、胸の刻印を見せて叫び声を上げるジャン・バルジャンの写真……。何もかもが遠い記憶と重なり合った。

以前、『レ・ミゼラブル』を観た時は、伯母と一緒だった。僕はまだ高校生で、十七になったばかりだった。数えてみるといつの間にか、十一年もの月日が経っていた。

結婚に失敗した伯母は、化粧品のセールスをしながら一人息子を育てていた。スタイルが良く、上品な顔立ちをし、職業柄いつもセンスのいい服を着こなしていた。商売道具の入ったトランクを手に、ハイヒールを履いてあちこちを飛び回る姿は、妹であるはずの母よりもずっと若々しく見えた。

仕事が遅くなる日や出張の時、伯母はしばしば息子、僕にとっては四つ年上の従兄を母に預けたので、僕たちはほとんど兄弟と同じように大きくなった。逆上がりの特訓をしてくれたのも、分数の計算を教えてくれたのも、岩波少年文庫を貸してくれたのも従兄だった。三輪車、よそ行きの服、お弁当箱、リコーダー、スパイク。あらゆる僕の持ち物に、消しきれなかった従兄の名前が残っていた。

仕事を終えて息子を迎えに来ると、伯母はリラックスした様子で少しお酒も飲みつつ、母といつまでもお喋りに興じていた。その二人の声を聞きながら、僕たちは何をするというのでもなく、じゃれ合って遊んだ。自分の母と彼の母、両方がすぐそばにいて、仲良くしている。ただそれだけのことが安心をもたらしていた。お腹は満たされ、笑い声があふれ、何の心配事もなく、あとはベッドに潜り込んで眠るだけだった。自分たちはどこよりも安全な場所にいるのだと感じていた。

その安全な場所から、何の前触れもなく、一人従兄が去った時の衝撃はあまりにも大きかった。電話を受けた母が、僕に知らせるため階段を駆け上がってきた時の乱れた足音が、今も耳に残っている。大学で美術史を勉強していた従兄は、ある朝、寮のベッドで死んでいるのを友人に発見された。原因のはっきりしない突然の病死だった。

もちろんその頃既に僕たちはじゃれ合って遊ぶ関係を卒業し、会うのは年に一度か二度になっていたが、彼が常に人生の半歩先を行く兄であることに変わりはなかった。引き続き伯母と母はお互い気の許せる話し相手だったし、二人一緒に二人の息子の未来に思いを巡らせては、僕たちが一人前になる日を楽しみにしていた。

悲劇を防ぐ手立てを考える暇も、さよならを言う間もなく、理由さえ知らされないまま不意に現れた空洞を前に、一人取り残された伯母はただ立ち尽くしていた。親戚中、皆がそんな伯母の助けになりたいと願ったが、何をどうしたらいいのか、誰にも分からなかった。一切の言葉を寄せつけない真の絶望がそこにあった。

しかし伯母は立派だった。絶望の真正面に立ち、それを全身で受け止めようとしていた。彼女からあふれ出るのはただ涙だけで、運命に対する怒りや恨みや罵りの声は何一つ聞かれなかった。葬儀では喪主の務めをきちんと果たし、参列した息子の友人たち百人以上の手を一人一人取って、感謝の言葉を述べた。さすがに夜は不安だったのか、毎晩僕の家に泊まりに来ていたが、いつまでも会社に迷惑はかけられないからと言って、もう少し休んだ方がいいという母の助言を振り切り、ほどなく仕事にも復帰した。

だから納骨が済んでしばらくした頃、伯母が突然、「あの子が舞台に立っているから観に行く」と、わけの分からないことを言い出した時、母と僕は「一体何の話?」と尋ねるのを忘れるほど戸惑った。あまりに筋の通らない発言だった。ただし僕たちは、頭ごなしに否定するような真似はしなかった。あんなにも辛い目に遭ったのだ、多少変になるのは当たり前だ、そっとしておいてあげよう、という態度で接した。そして伯母の苦悩が、自分たちが思うよりもずっと奥深く複雑であることに改めて気づかされ、打ちのめされた。母も僕も、油断していた自分を責めた。

外から窺う限り、伯母は混乱した様子ではなかった。むしろ悲しみが極まって透明になったような瞳は、りりしく毅然として見えた。

「あの子がミュージカルに出ているの。しかも主役なのよ。観に行ってやらなくちゃ。切符はもう買ってあるの。人気のお芝居だからB席しか残っていなかったけど、平気。席がどこだろうが、あの子が主役であることに変わりはないわ」

一息に伯母は喋った。

「あの子って……誰？」

口を挟む機会を探りながら、母は慎重に切り出した。伯母の目元に一瞬影が差し、なぜそんなことを聞く必要があるのか、とでも言いたげな表情が浮かんだ。そこには怒りさえも含まれていた。

「あの子よ。利発で、無邪気で、元気一杯で、可愛い従弟にいつも優しい、野球と歌の上手な、あの子よ」

震える伯母の声を耳にし、この質問はもう二度としてはいけないのだと僕たちは悟った。

少しずつ〝あの子〟の正体が明らかになってきた。伯母が死んだ息子と重ね合わせている、あるいは、息子そのものだと信じ込んでいるのは、『レ・ミゼラブル』でジャン・バルジャンを演じている、Fという名の俳優だった。なぜ急にそんな錯覚が生じたのか、僕たちは理由を知りたいと願った。しかし同時に、たとえ質問を口にしたところで、いたずらに混乱をかき回すだけだろうと、よく分かってもいた。伯母にとっては、理屈で説明できる理由など何の意味も持っていなかった。それは従兄がなぜ急死しなければいけなかったのか、誰にも説明できないのと同じだった。

そもそも伯母は劇場へ足を運ぶタイプの人ではなかった。観劇に限らず、自分の楽しみに使う余裕があるなら、すべて息子のために回すべきだと考える母親だった。たぶんF氏を知ったのは、偶然町でポスターを見かけたか、パソコンで歌声を耳にしたのがきっかけだったのだろう。しかしF氏と従兄、二人の共通点を見つけるのは難しかった。F氏の方が二十近く年上で、顔立ちも似ているとは思えないうえに、何より従兄はミュージカルとは無縁だった。小さい頃、子ども劇団に入っていたとか、歌の勉強をしていたということもなければ、もちろんミュージカル俳優を目指していたわけでもなかった。

「でも、歌は上手だったわよ」

と、母は言った。

「幼稚園の時、お遊戯会の合唱で、ソロパートを歌ったの。『あめふりくまのこ』だったかしら……。二番の最初、〝いたずらくまのこかけてきて〟のところ。お姉さんと一緒に見学に行ったの。そう、ちょうどあなたがお腹にいて、つわりの最中だった」

　そう言われれば僕にも一つぼんやりと思い出される記憶があった。祖母の喜寿の祝いの席で従兄が歌をプレゼントしたのだ。本当は僕も一緒に歌うよう勧められたのだが、恥ずかしがって尻込みし、結局彼が一人で『星に願いを』を歌った。従兄が小学校六年生、僕が二年生の時だったと思う。確かにきれいなボーイソプラノで、親戚たちも皆感心していたが、その時の僕は、大人の前に立って堂々と歌をうたえる勇気の方に、心を奪われていた。恥ずかしがったりした自分が間違っていたと反省した。歌が終わり、彼が礼儀正しくお辞儀をした時、誰よりも一番大きな拍手を送ったのは伯母だった。

　これが、従兄の歌声を耳にする最後の機会になった。声変わりの時期が訪れ、ボーイソプラノが出なくなるにつれ、いつしか人前で歌おうとはしなくなっていた。大人になった従兄がどんな声で歌うのか、知らないままに終わってしまった。

　着々と伯母は準備をはじめていた。文庫本五冊にもなるビクトル・ユゴーの原作を読破し、演劇関係の雑誌を買い集め、一行でもF氏の名前が載っている記事を探しては切り抜き、一日、一日、カレンダーに×印をつけて観劇の日が来るのを待っていた。

　結局、僕が一緒について行くことになった。中間試験が終わったばかりで、どうせ暇なんでしょう、と言って伯母が勝手にそう決めたのだった。あからさまに態度には出さないものの、母は心配していた。劇場で妄想が膨らんだ挙句、伯母が何か困った振る舞いをしないか、そのことで彼女が余計に傷つくのではないか、あれこれ想像を巡らせては不安を大きくしていた。

「くれぐれもよろしくお願いね」

母は言った。

「舞台に駆け寄るとか、楽屋へ押しかけるとか、あの子の名前を叫ぶとか……そんなことがないように……」

「うん」

僕は答えた。

「あなたが一緒の方が、恥ずかしい真似はしないかもしれないわね」

自分を納得させるように、母はつぶやいた。

見渡す限り、すべての座席が埋まっていた。先輩のチケットは中央前方の良い席だった。伯母と一緒の時はもっと隅の方だったはずだが、どのあたりかはもう思い出せなかった。ジャン・バルジャンを演じる俳優も、F氏とは違う人になっていた。にもかかわらず、あたりが暗くなり、指揮者のタクトが振られた途端、伯母と並んでこの劇場に座った時の感触がありありとよみがえってきて、自分でも驚いた。左隣にいる、見ず知らずの誰かのシルエットが、そのまま伯母の姿にすり替わった。左腕に触れる微かな服の感触さえ同じだった。

プロローグの『囚人の歌』が流れ、船を漕ぐ苦役にあえぐジャン・バルジャンの姿が浮かび上がった。

その日、伯母は精一杯のおしゃれをしていた。

「主役のあの子に相応しい恰好をしなくてはね」

と言った。葬儀以来、地味な姿しか見ていなかったので余計に華やかさが際立った。ふんわりとした花柄のワンピースに絹のショールを巻き、真珠のイヤリングをつけ、ここぞという時にしか使わない黒い革のハンドバッグを提げていた。もちろん化粧は完璧だった。

「いよいよね」

口調には緊張と興奮が入り混じっていた。

「最初の場面から出るの。いきなり見せ場があるのよ。当然よね。だって主役なんだもの、あの子は」

膝の上には、パンフレットが開いたまま置かれていた。〝あの子〟の写真が載ったページだった。

伯母は囚人たちの中からすぐにジャン・バルジャンを見つけたらしく、身を乗り出した。それ以降、ただひたすら〝あの子〟だけに視線を注いでいた。音楽が高まってゆくにつれ、肘掛けを握る手に力がこもっていった。

いきなりの見せ場というのが、司教に銀の燭台を差し出され、慈悲の心に触れて自らの愚かさに気づいた彼が、生まれ変わる決意を胸に、『独白』を歌う場面だと分かったが、その時点で僕はまだ、舞台ではなく伯母に気を取られていた。神経のほとんどを自分の左側に集中させていた。もし何かあったら、というその何かが、本当に母の言うような事態なのか確信もないまま、とにかくすぐに対応できるよう身構えていた。十七歳なりに、自分に求められている役目を果たそうと一生懸命だった。

〝……怖ろしい闇に響く　この胸の叫び声　また過ちを犯すつもりか……〟

ジャン・バルジャンの力強い歌声が、あたり一面を埋め尽くしていた。

〝……こんな魂が救えるのか　生まれ変わるのが神の御心か……〟

伯母はうなずいた。

〝……ジャン・バルジャンは死んで生まれ変わるのだ〟

「そうよ」

吐息と変わらないささやきにもかかわらず、その一言が暗がりの中にくっきりと映し出されるように聞こえ、思わず僕は左隣に目をやった。他の観客の迷惑になったのではと心配したが、僕以外には誰も気づいていない様子だった。耳たぶの真珠がぼんやり光っていた。

舞台の上にはジャン・バルジャンの姿しかなかった。彼は今、誰に向かってというのでもなく、ただ自分の胸の内を歌っている、ミュージカルとはそういうものだと、初心者の僕にも理解できた。しかし伯母は彼の歌を、たった一人自分だけに差し出された秘密のように受け取っていた。「そうよ」のささやきは、『独白』の最後の一音を包み込み、一つに溶け合いながら消えていった。

場面が移って貧しい労働者たちが現れたあともなお、僕の耳にはしばらく、〝死んで生まれ変わるのだ〟のフレーズが繰り返し響いていた。

十一年前と脚本や演出やセットに変更はないのだろうか。僕には区別がつかなかった。あの時とそっくり同じ演者たちが目の前にいるのも同然だった。もしかすると僕がいない間もずっと、伯母と観たあの『レ・ミゼラブル』が延々演じ続けられていたのかもしれない。ここには十一年前の時間がそっくり保存されているのだ。そんな気分だった。

いつしかファンテーヌが有名な『夢やぶれて』を歌う場面になっていた。客席が一段と張り詰めた雰囲気になった。

この歌はあまり好きではない、泣き言に聞こえるから、と伯母は言っていた。バルジャンのことは何があっても手放しで愛した彼女なのに、女性の登場人物に対しては鋭い見解を持っていた。

「本当は、彼女の夢は破れてなんかいなかったのよ。万策尽きて、ジャベールに逮捕されそうになった時、娘のコゼットを守るために自分の死を願うの。で、〝目覚めたらあの子に逢いにゆくわ〟って言いながら、望みどおりに死ぬ。一番大事な夢はちゃんと叶ったんだわ」

十一年前には気づかなかったが、もしかしたら伯母はファンテーヌがうらやましかったのかもしれない。自分が差し出せる究極のものと引き換えに、それ以上に大事なものを救った。伯母がどんなに求めても手に入れられない望みを、ファンテーヌは叶えた。そのうえそばにはコゼットを託せるバルジャンがいた。母は娘に、罪を背負う男に喜びをもたらす人生を与えたのだ。

けれど十七歳の僕はまだ何も分からず、バルジャンの腕に抱かれるファンテーヌに嫉妬しているのだろうか、などと的外れなことを考えていた。

「一番の憎い敵はやっぱり、警官のジャベールだよね。罪人だったバルジャンの過去を絶対に許さないんだから」

僕は言った。

「気の毒な人よ」

痛ましくてたまらないという表情で、伯母は首を横に振った。

「バルジャンを捕まえる気満々で、代償を払うのは世の決まりだ、なんて高らかに宣言するけど、世の中、因果応報で割り切れるわけないのにね。正しすぎる行いは、時に人を傷つけると思わない？」

僕はただうなずくことしかできなかった。少しでも救いになる言葉があるなら、それをかけてあげたかったが、僕に分かるのは伯母の心は息子で一杯になっているということだけだった。

「でも……」

と、伯母は言葉を続けた。

「皆、そうたいして違っているわけじゃない。バルジャンもジャベールも、コゼットもエポニーヌも、マリウスもアンジョルラスも、長い長い一つの同じメロディーを分け合っているのよね」

伯母の横顔は美しかった。舞台からわずかに届く明かりを受け、暗がりの中に整った輪郭を描いていた。こんな顔をした人だったのかと、今初めて発見したような気がした。従兄とよく似ていた。当然のその事実がなぜか新鮮だった。伯母の輪郭の中に従兄が含まれ、従兄の面影の中に伯母が含まれ、そしてその瞳の中に、〝あの子〟が映っていた。

ファンテーヌが死に、ジャベールの手を振り切ってバルジャンがコゼットと逃げ、成長したコゼットはマリウスと出会って恋に落ち、学生たちは革命を目指す……。物語はどんどん展開していった。音楽はずっと鳴り続けていた。学生たちが登場し、市民に向かって共に立ち上がるよう呼び掛けるあたりから、少しずつ僕は舞台に引き寄せられていった。左側に意識を残しながらも、舞台から押し寄せる圧倒的な波に飲み込まれ、やがてその快感に抵抗できなくなっていた。

〝戦う者の歌が聴こえるか　鼓動があのドラムと響き合えば　新たに熱い生命が始まる……列に入れよ　我らの味方に　砦の向こうに世界がある〟

メロディーが頭の中に流れ込んでまさに鼓動と響き合い、体中を巡っていた。付き添いだったはずの自分が遠のいて、彼らの味方に加わる錯覚に酔っていた。いよいよ蜂起の前日になり、登場人物たち全員の合唱、『ワン・デイ・モア』がはじまると一気に胸が高鳴ってきた。バルジャンとジャベールも、マリウスとコゼットとエポニーヌも、学生も労働者も、一人一人が自分の置かれた立場から逃れようもなく、こみ上げてくる思いをぶつけながら、同時に一つの歌をうたっていた。途中、〝明日は〟と叫ぶバルジャンの声が突き抜けるたび、伯母は目を見開き、握った拳に力を込め、次に続く言葉を聴き取ろうとして息を止めた。明日はどうなるのか。何が起こるのか。思いが頂点に達したところで歌声が一つに重なった。皆、どこへとも知れない場所へ向かって行進していた。

〝明日にはわかる　神の御心が　朝が　明日が　来れば〟

気がつくと、第一幕が終わっていた。

「皆、一生懸命歌っていたわね」

休憩時間、僕たちはロビーの椅子に座って過ごした。

「学生さんも、工場にお勤めの人たちも、ちゃんと大きな口を開けて、喉を震わせて、心の底から」

見ず知らずの彼らをいたわるように伯母は言った。

「歌っている人を見ると、どうして心を打たれるのかしら」

「不思議だね」

「言葉だけだと薄っぺらに聞こえるのに、歌になると真実に聞こえるの」

ロビーは観客であふれかえり、売店には長い行列ができていた。すっかり夜になり、ステンドグラスの向こうには暗がりが広がっていたが、そのために余計、天井の明かりがきらめいて見えた。

「緊張するだろうなあ。次は自分が一人で歌う番だっていう時。千人以上の人の耳が、自分だけに向けられてるんだよ。絶対に間違えちゃいけないんだ」

「そうよね。私たち凡人には、絶対に間違えてはならないこと、なんて滅多にないもの」

「すごいね、Fさんは」

「あの子は特別なの」

Fさんという僕の言葉に覆い被せるようにして、伯母は〝あの子〟と言った。

「たった一人選ばれた、神様に目配せされた、特別な子よ。だから他の誰も真似できない声で歌うことができるの。鼓膜をすり抜けて、心の奥深くまで届く声。余計な道具なんて何一つ使わずに、神様から与えられた自分の体だけで、人を感動させる」

その声の名残が消えないよう伯母は片手を胸に当て、天井に飾られたバルジャンの写真を見上げた。大勢の人々が僕たちの前を通り過ぎていった。いくら周囲が騒がしくても、僕たちの間に流れているのはただ〝あの子〟の声ばかりだった。

「おばあちゃんの誕生日会の時……」

「そう、『星に願いを』を歌ったの」

「上手だった」

「懐中電灯をマイク代わりに握ってね」

「おばあちゃんも喜んでた」

「蝶ネクタイをしてたわ」

「僕とお揃いだった」

「高い音を出すと、それがピクピクって動いたの」

その時、蝶ネクタイの窮屈な感触とともに、ずっと忘れていた光景が突然よみがえってきた。誕生会の日、歌を録音しようと伯母が用意していたカセットデッキのボタンを、どうしても押したいと僕はせがんだ。銀色をした、押しごたえのありそうな四角いボタンが恰好よく思えたのだ。従兄が皆の前に進み出て懐中電灯を握った時、間違いなく僕は教えられたとおりのボタンを押したつもりだった。カチッという音も聞こえたし、何の印かは分からないが、赤いランプも点っていた。なのになぜか、何も録音されていなかった。

空しくザーザーと雑音が流れるばかりのデッキを前にして、皆が笑った。従兄も伯母も笑っていた。ちびが一人前のことをしようとしてしくじったのを、面白がっていた。話はそれきりで、皆すぐに録音のことなど忘れてしまった。

ずっと記憶の底に沈んでいたにもかかわらず、人差し指に残るボタンの手触りも、デッキから流れる無音の気配も、浮上してくる感覚はひどく生々しかった。ようやく僕は自分の失敗の重大さに気づき、呼吸が荒くなるのを抑えきれなかった。もしあの時、僕が正しいボタンを押してさえいれば、伯母は今でも従兄の歌声を聴くことができた。ボーイソプラノの時が去り、従兄自身が去り、二重に失われてしまったあの声は、僕のせいで永遠に戻って来ない。もう、取り返しがつかない。

伯母はまだ〝あの子〟を見上げていた。横顔がすぐ手の届くところにあった。明かりを浴びてもそこには、客席の暗闇の中にいた時の影が残っていた。

伯母は気づいているのだろうか。僕がしでかした失敗を恨んでいないのだろうか。

「お腹、空いてない？」

僕の視線を感じ、こちらを振り返って伯母が言った。

「売店で何か買って食べる？」

優しい声だった。僕は黙って首を横に振った。

「じゃあ、終わってから、美味しいものをご馳走しましょうね」

あと少しで、第二幕のはじまりを告げるブザーが鳴ろうとしているところだった。


伯母が最初の涙を流したのは、死を覚悟した若者たちが眠る砦で、娘コゼットの恋人マリウスの無事を願い、バルジャンが『彼を帰して』を歌っている時だった。涙は、一筋、二筋、頬を伝って落ちた。涙がこんなにも静かに流れるものだと、僕は知らなかった。

バルジャンの歌より他には何一つ聴こえず、ただ一人の男の声のみが僕たちを包んでいた。いつの間にか彼の肩には、力強さではなく、老いの気配の方が色濃く漂っていた。十九年間投獄された恨みも、ジャベールに対する荒々しさも影を潜め、表情には自分より年若い者たちへの慈しみがにじみ出るばかりだった。

〝……若い彼を救い給え　家へ帰してください……〟

祈りの心がそのまま歌声になっていた。最も遠くまで願いを運んでくれるのは、静かな祈りの声だと、バルジャンは悟っていた。もはや絶叫も懇願も、必要ないのだった。

〝御心でしょうか　まるで我が子です〟

伯母が僕の手を握った。指先がひんやりとしていた。瞬きをするたび、また涙が闇の中にこぼれ落ちていった。

大人になった従兄の歌声は、もしかしたらこんなふうだったのかもしれない。バルジャンの声の中に、僕は従兄を感じた。録音されなかった歌が消えたあと、無音の奥底から微かに響いてくる声だった。僕は伯母の手を握り返した。僕たちは間違いなく、同じ声を分かち合っていた。

〝……死ぬなら私を死なせて　彼を帰して　家へ〟

エポニーヌ、ジャベール、胸を張って一生懸命に歌っていた若者たち、労働者、皆死んでいった。そして今度は、バルジャンの番だった。囚人服で登場した彼は今、余計な飾りの何もない真っ白なシャツと黒いズボン姿になり、司教から与えられた燭台の蠟燭に火を点そうとしていた。

一つの光が彼の手の中にあった。炎にかざされた左手は、近づく死への恐れや嘆きや後悔で震えることなく、その澄んだ光を守っていた。

伯母はずっと泣いていたが、一度も涙を拭おうとしなかった。従兄が死んだ時、あとからあとからあふれ出て行き場を失くした涙が、今、ようやく新しい流れを見出したかのようだった。帰るべき場所へ帰ろうとしている〝あの子〟を、祝福するための涙だった。最後の一音が劇場の高みに響いてゆき、やがて遠くの一点に吸い込まれていった。

あの日と同じように、客席のあちこちからすすり泣きが聞こえていた。バルジャンを迎えるため、舞台の奥から死者たちが歩み出てきた。あの中に、きっと従兄も伯母も一緒にいる。観客がそれぞれに思い浮かべる、自分にとって大事な死者たちが、お互い見ず知らずの者同士でありながら、同じ一つの場所へ集まっている。ここにいないはずの人がいる。劇場とはそういうところなのだろう。

伯母の監視役という使命を帯びた気分でいた自分を、僕は恥じた。母の心配など全くの的外れだった。伯母は見事な観客だった。物語に素直に入り込み、登場人物たちに敬意を示し、全身で音楽を聴いていた。〝あの子〟を感じられる一瞬に、感謝を捧げていた。

息子のいない世界を十一年生き、つい先週、伯母は亡くなった。化粧品のセールスの仕事を定年まで勤め上げ、これから少しはのんびりできると思った矢先、病に倒れたのだった。しかし僕は別れを悲しむより、一番帰りたかった場所へ無事にたどり着いたのだという、安堵の気持ちの方が大きかった。バルジャンと同じだった。

結局、僕が『レ・ミゼラブル』を伯母と一緒に観たのは一回きりだった。あのあと、伯母はまた劇場に足を運んだのだろうか。F氏の歌声に潜む〝あの子〟と再会するため、一人、客席に座ったのだろうか。確かめようと思えばいつでもできたのに、なぜかそうしないまま、月日が過ぎてしまった。ただ、何かの拍子にふっと目が合った瞬間、たった一度共有した劇場での時間が、変わらず二人の間に流れ続けているのを実感することはあった。大事な何かを確かめ合う時、僕たちは無言の合図を送るだけで十分だった。その無言の底で、同じ一つの歌を分け合っていた。

「大丈夫？」

僕が尋ねると、伯母は濡れた頰に笑みを浮かべてうなずいた。劇場では誰も泣いている彼女を不思議がったり、奇異な目で見たりしなかった。理由を取り繕う必要はないのだった。伯母は好きなだけ泣くことができた。

僕たちは駅までの道を、劇場から遠ざかってゆくのを惜しむように、ゆっくりと並んで歩いた。月のない、深い夜だった。伯母の葬儀の間中、二人の靴音と、左側に感じる体温が、バルジャンの歌声とともによみがえり、胸の中でずっと鳴っていた。

僕は立ち上がり、今、そこにいるすべての人々に向かって拍手をした。カーテンコールがいつまでも続いていた。

乳歯

迷子になったと気づいた時、君は慌てもしなかったし、途方に暮れたりもしなかった。乳歯がまだ一本も生え変わっていないくらいの、ほんの小さな少年だったけれど、自分ではもう、泣いたりするのは恥ずかしい年頃だと知っていた。母の言いつけ通り、その場に立ち止まり、泊まっているホテルの住所が書かれた紙切れを、ズボンのポケットから引っ張り出した。

これを誰にでも見せては駄目なんだ。その人が善人とは限らないから。助けを求めるなら、ちゃんとした制服を着て、制帽を被って、腰にピストルをぶら下げた警察官だけ。でももっと大事なのは、じっとして動き回らないこと。何よりそれが最優先だ。

君は母の言いつけを反芻した。動き回る二つの点が交わる確率と、一方が定点の場合のその確率の差について、父が持ち出した公式も思い出した。

君は既に十分、迷子に慣れ親しんでいた。隅から隅まですべてを知り尽くし、支配していた。迷子の国の王冠を頭上高く掲げる、勇気あふれる覇者だった。

学者の卵同士、若くして結婚した両親は、計画より早く生まれてしまった君を、文字通り髪を振り乱して育てた。お金もなく、近所に手助けしてくれる縁者もおらず、アルバイトを掛け持ちして物理や語学を教えながら、実験と夜泣きのためにいく晩も徹夜した。調整してもしても予定は狂い、アパートの部屋は汚れ放題で、母は髪を梳かす暇さえなかった。

彼らにとって君は、驚異的に美しい謎だった。例えば、熟睡するとなぜ自然に両肘が九十度に折れ曲がり、左右対称のL字形を成し、握りこぶしだけが布団の外に顔を覗かせるのか。その体勢にどんなメッセージが託されているのか。こぶしには何が握られているのか。あらがい難い謎に引き寄せられるようにして、時折母は、隙間なくぴっちりと折り畳まれた五本の指を、順にのばしてみることがあった。思いがけずそれは力強く、抵抗する気配さえ見せ、いっそう君の寝姿を特別なものにした。

掌には何もなかった。こんなにも確固たる意志を持って握っているのに、どうして空っぽなんだろう。不思議な気持で母は人差し指の先を掌に這わせた。そこには皺の間に挟まる綿埃と、じっとりとした生温かさがあるばかりだった。やがて五本の指は元通りに閉じられた。

秘密の宝物を守り通せて安心するようにまぶたの下で眼球が動き、唇に笑みに似た表情が浮かんだ。再び君は眠りの世界に戻っていった。赤ん坊が眠っている貴重な時間、いくらでもやるべき用事は溜まっているのに、母はベッドサイドにひざまずき、いつまでも君を眺めていた。

母が最も恐れたのは病気だった。脂漏性湿疹、三日麻疹、リンゴ病、流感、プール熱、食あたり……。君はありきたりな病気に次々と罹った。そのたびに彼女は病原菌を抽出し、何倍にも煮詰め、毒性を高めて自らあおった。あるいは苦痛の剣先を研ぎ澄ませ、自分で自分の肉体に突き立てた。身代わりになれるなら、どんな魔術でも使った。たとえ平凡な病でも、その仮面を剝ぎ取り、隠れた凶暴さを露わにし、決して油断していないことを敵に示した。

真夜中、熱にうなされ、ぐずっている君の傍らに母は寄り添った。何時間でも胸を撫で続けながら、喉の粘膜に潜り込んだ菌が、逆流する唾液に乗って鼻腔に巣くい、勢力を伸ばして遂には脳にまで至るルートを、繰り返したどった。害虫に食い荒らされた果肉が腐敗するように、脳がとろけてゆくさまを思い描いた。脳の窪みに頭を突っ込み、尻だけをくねくねさせている害虫を、一匹一匹、指先がぬるぬるするのも構わず、根気強くひねり潰していった。

「もしこの子が死んだら……」

どこからともなく聞こえてくるこのささやきからは、どうやっても逃れようがなかった。それが自分自身の声であることに、気づいてさえいなかった。ささやきに耳を澄ませるのは、両手を固く握り締めて横たわる、君の胸元に白い花を一輪供えるのと同じだった。君は母が生み出した死の世界へ、彼女の手によって何度も運ばれた。彼女は自分の内に、これほど巨大な恐怖が隠されているという事実におののいた。

成長が進むにつれ、恐怖の種類は少しずつ変化していった。病と同じように君を奪い去ろうとする新たな相手、迷子が登場したのだった。

君は標準よりずっと早く歩きはじめた。同じ月齢の子たちがまだハイハイで満足している頃、既にどこへでも自由に歩いてゆけた。町中の靴屋を探しても、一歳にもならない赤ん坊が外を歩くための靴などなかなか売っていなかった。地面を踏みしめる小さすぎるその靴を、両親は幸運の印と受け取った。大きな声で自慢したい気分だった。その印さえしっかり握り締めていれば、きっと息子は正しい道を歩めるはずだと信じた。

早くに歩きだしたことと関わりがあるのかどうか、体の発達と比例して、君はどんどん活発になっていった。食卓でもブロック塀でも盛り上がった単なる土でも、目に入った高みにはとにかくよじ登らないではいられず、横断歩道は助走つきの三段跳びで駆け抜け、小鳥が空を横切ると、ジャンプして捕まえようとした。お気に入りの音楽に合わせて独創的な踊りを披露し、無数の小石を川に投げ込み、洗濯物の山に回し蹴りをお見舞いした。特に高みも小鳥も河原も見当たらない時には、ただその場でぐるぐると回転し、目が回るのを楽しんだ。落下、転倒、宙吊り、水没、どれもこれも珍しくなく、絶えずどこかを怪我していた。

初めての子育てで、両親にはこれが当たり前なのか判断できなかった。自分たちの躾に問題があるのだろうかと不安になる時もあれば、男の子は元気が一番、という単純な一言ですませられる場合もあった。ただ病や怪我以上に母を苦しめたのは、動き回る君がすぐ迷子になってしまうことだった。ほんの一瞬油断しただけで、いともあっさり君は、親の目の届かないところに迷い込んでしまった。ついさっきまで確かに握っていたはずの君の手が、次の瞬間には消え失せていた。デパートの催事場、歩行者天国、ショッピングセンターの駐車場、駅の地下街、アパートの目の前の道路……。罠はそこら中に仕掛けられていた。

その都度母は君以上に混乱をきたした。病の魔の手より、迷子のそれの方が執拗で底意地が悪く、神秘的だった。なぜ、いつの間に、と問いを繰り返してもこたえは返ってこず、ただ君のいない空白に飲み込まれてゆくばかりだった。

「もしこの子が死んだら」

そのささやきはいっそう鮮やかさを増した。

しかし母と父は重大な誤解をしていた。君が迷子になるのは活発すぎるせいではなかった。全く逆なのだった。君は一つ何かに心を奪われると、そこに視点が定まり、どこまでも深く吸い寄せられてゆく。一人ぼっちになっても怯まない。迷子の君は動き回ってはいない。小さな靴で、世界の小さな一点に、じっと留まっているのだ。

いくら迷子はお手の物の君でも、その時は少々勝手が違った。生まれて初めての海外旅行先での迷子だったからだ。

学会の出席に合わせて計画された、家族の一大事業とも言っていいこの旅行に際し、母は普段にも増して神経質になっていた。注意事項は細々と多岐にわたり、もしもの場合に備えての準備も抜かりがなかった。君は既に、自分が巻き起こす迷子がどれほど母を傷つけるか、思いやれるくらいに成長していた。にもかかわらず、四日めの午後、観光地の広場に面した歴史的建築物を眺めている時、それは起こった。

なぜか君は間違ったグループに吸収され、見ず知らずのガイドに導かれるまま、広場からのびるいくつかの通りのうち一番地味な筋に入り込んでいた。頭上一杯に広がっていたはずの空が、いつの間にか細長くなっていた。

もしきっかけがあるとすれば、それは彼らの喋る言葉のせいだった。老若男女二十人くらいのそのグループは、旅行を楽しむというには不釣り合いな真剣な表情を浮かべ、必要以上にくっつき合い、始終低い声で喋っていた。彼らの発する声は一塊になり、混雑した広場の賑わいの底に沈澱し、独自の響きを漂わせていた。飛行機を降り立って以来、君は周囲にあふれる言葉がどれもこれも不思議な風合いを帯びているのに気づいていたが、そのグループの声にはどうしても素通りできない誘惑を感じた。森に潜む小動物たちの鳴き声のように、一つ一つバラバラのようでありながら、彼らだけに通じる規則で互いに溶け合い寄り添い合って、暗号めいた調和を生み出していた。君が慣れ親しんでいる言葉とは明らかに異なる抑揚と勢いを持ち、予測できないリズムを刻んだ。一言も意味は理解できなくても、耳障りではなく、反対にだからこそいつまでも聞いていたい気分にさせられた。かつて一度も目にしたことのない、音の鳴る仕組みはよく分からないけれど魅惑的な楽器に、耳を傾けているのと同じだった。そうして半ば目を閉じるように鼓膜に集中しているうち、案の定、迷子になっていた。

そこは広場の喧騒から離れた、ポプラ並木の突き当たりにある、質素な聖堂の前だった。君が紛れ込んだグループの他には、似たような集団がぽつりぽつりといるばかりで、物売りや大道芸人の姿も見当たらず、広場に比べればずっと平穏な雰囲気が漂っていた。君はホテルの住所が書かれた紙を握ったまま、警察官を探すでもなく、ガイドのおばさんに身振りで助けを請うでもなく、ただ無言で正面入口の扉を見上げていた。その上部、半円の形に施された浮彫に、君の瞳は吸い込まれていた。

積み木でこしらえたような可愛らしい聖堂だった。アーチ形の窓と後ろ側に控える塔以外、目立ったアクセントはなく、石積みの壁はポプラの緑を邪魔しない色合いに風化し、とんがり屋根が青空を優しい角度に切り取っていた。

最初君は石の浮彫が何かの形を表しているとは気づかず、単なる不規則な模様だろうかと思った。けれど少しずつ日差しに目が慣れ、焦点が合い、迷子になったと気づいた瞬間の動悸も鎮まってくるにつれ、それが種々雑多な人々、あるいは人間とも言いかねる生きものたちの集合体だと分かってきた。

中央の楕円の囲みに守られた、最も目立つ大きな一人を、たくさんの小さな者たちが取り囲んでいた。どこを切り取っても一つとして同じ細部はなかった。ある者は肋骨の浮く胸を露わに、口を歪めて天秤棒を握っている。ある者はクレーンのように巨大な両手で、今にも頭を引き抜かれそうになっている。干からびたミイラに齧りついている者もあれば、呆然と肩を寄せ合っている一群もある。半円の中の与えられたスペースに合わせ、卑屈に縮こまっていたり、手足が異様に引き伸ばされたりして、誰一人自然な形に収まっていない。

丁度真正面から日差しを受け、彼らは鈍く静かな銀色に浮かび上がっていた。どんな小さな隙間にも穴にも筋にも、平等に光が当たっていた。

浮彫を眺めるコツをつかんだ君は、やがて半円の底辺を支えるようにして連なっている、一段と小さな人々の列に視線を移した。彼らは頭上で繰り広げられている混乱をどうにかこうにか首で支えていた。折れ曲がった膝と、傾いた頭のせいで、誰もが打ちひしがれて見えた。半開きになった口の奥は暗く、瞳の穴はどこまでも深く、肩から提げた荷物はずっしりと重かった。なのに反乱を起こす気配も見せず、皆、浮彫の中に黙って留まっていた。

君は左から右へ、一人一人順番に目でたどっていった。うっかり一人でも飛ばしてしまうのは失礼な気がして、見落としがないかどうか慎重に確かめた。脚の間にうずくまって身を潜めている人もいるので、油断がならなかった。見過ごされた人の頭には更なる重みが加わり、膝の骨がギシギシ軋むに違いない、彼らの苦痛の度合いは自分の注意深さにかかっているのだ、という確信が君を支配していた。そろそろ首筋が痛みはじめていたが、浮彫の彼らに比べれば大したことはないと自分に言い聞かせた。

日光の加減で表情は微妙に移り変わった。雨風で風化した質感や溝の堆積物が、味わい深い雰囲気を醸し出していた。広場から飛んできたらしい鳩が二羽、不意に現れ、半円を縁取る出っ張りに止まったが、居心地が悪かったのかすぐにまたどこかへ去っていった。

最後の一人、両膝を切断されたも同然に折り畳み、狭苦しい隙間にどうにか身をかがめながら、隣人を心配そうに見やっている心優しい誰か、にまでたどり着いた時、ようやく君は扉が開いているのに気づいた。グループの人たちはガイドに先導され、既に聖堂の中へ姿を消そうとしているところだった。ずっと耳に届いていた彼らの声も、扉の奥に遠ざかろうとしていた。動いてはならない、という掟に背いている意識もないまま、君は聖堂の中へ足を踏み入れた。母と君をつなぐ紙切れは、汗でぐったりと湿っていた。

父と母は言い争いになった。お互い、注意が足りなかった責任をなすりつけ合い、すぐにそんなことをしていても全くの無駄だと悟って適切な行動を取った。連絡すべきところに連絡し、広場を何周もして君の名を呼び、広場から出ている五本ある通りを、一つ一つ探索して歩いた。君が迷い込んだのは人通りの少ない、子どもの目を引くにぎやかさとは無縁の道だったので一番後回しにされた。広場から放射状にのびる通りは、たとえ隣り合わせでも、進めば進むほど離れてゆく方向にあった。いくら懸命に探しても、君のいる聖堂は遠ざかるばかりだった。

母は旅の最初、中継地のホテルで起こったちょっとしたトラブルを思い出していた。格安チケットで飛行機を乗り継ぎ、ようやく空港近くの殺風景なホテルにたどり着いてスーツケースを開けた途端、ヘアリキッドの蓋が外れ、中身が全部こぼれ出しているのを発見したのだ。それはスーツケースの隅々を侵食し、強烈なにおいを発しながらあらゆるものを台無しにしていた。君のパンツはベタベタになり、非常食用のビスケットはふやけ、母の一枚きりのワンピースには大きな染みができていた。

あの惨状がきっと誰かからの警告だったに違いない。母は思った。浮彫の面々を一人として疎かにしてはならない、と聖堂の前で君が感じたのと同じくらい強い確信だった。

満足にスーツケースを広げるスペースもない狭苦しい部屋で、時差ぼけとアルコール臭にくらくらしつつ、母と父は荷物を全部取り出して洗えるものは洗い、濡れタオルで拭き、取り返しがつかないものは捨てていった。それは父のヘアリキッドであったにもかかわらず、なぜか父の持ち物はほとんど被害がなく、その事実がなおさら母をげっそりさせた。二人の傍らで、君はぐっすり眠り込んでいた。

どんなにこすってもヘアリキッドの痕跡は消えなかった。二人は床に這いつくばり、吐き気に耐え、到着地点の見えない苦役に耐えなければならなかった。それは四日めに起きる迷子を警告するのに相応しい苦役だった。

ヘアリキッドのにおいが残るパンツをはいた君が、誰一人知っている人のいない群衆の中で、興奮して飛び跳ねているさまを母は想像した。今にも君を連れ去ろうとする、流感よりもプール熱よりもずっと邪悪な手の影が、まぶたをよぎってゆくのを間違いなく見た。君が浮彫の人々の苦役を少しでも軽くできたらと願い、聖堂の前に立ち尽くしているなどとは、知りもしなかった。

聖堂の中は君が思うよりもずっと暗かった。ついさっき通り抜けたばかりの扉の向こうには光があふれているのに、そのうちのほんのわずかな一筋か二筋が、遠慮深げに射し込んでいるばかりだった。石の床は摩耗し、暗がりに染まって濡れたようになり、靴底にひんやりと吸いついてきた。小さな窪みの一つ一つが水滴のようだった。

人々のお喋りは聖堂の中で一段トーンが低くなり、石の床を這い、水滴を震わせた。相変わらずガイドを中心にしてよくまとまったグループは、細長い隊列になり、ドーム形になった奥の方へと進んで行った。そこがどういう場所なのか君は知りもしないのに、なぜか余計な物音を立てないのが正しい振る舞いだと理解し、暗がりをかき乱さないようそろそろと歩いた。君が発するのは、丸みを帯びた敷石の表面を靴底が撫でる気配だけだった。

左手に五本、右手に五本、規則正しく柱が並んでいた。石の大地にそびえる大樹のような、どうしても見上げずにはいられない威厳を持つ柱だった。一番手前の一本に掌を当て、首を傾けた時、柱が天井と接するところにもまた、扉の上部と同じく浮彫が施されているのに気づいた。壁の高いところにある小窓から漏れる光が、優しくそれを包んでいた。

少年が一人、逆さ吊りにされ、うろこを持つ鳥のくちばしで胴体をぐるぐるに捻じ曲げられている。髪は逆立ち、目玉は今にもこぼれ落ちんばかりに開かれ、救いを求める右手は空しく宙をつかんでいる。半開きになった唇の端から頬にかけ、いびつに石の表面が剝がれているせいで、よだれを垂らしているように見える。今にも胴体が千切れようとしているのに、鳥は自分のくちばしの乱暴に気づいてもおらず、調子はずれのとぼけた表情を見せるばかりだ。その傍らで父親らしい男が、鳥よりももっと空虚な目をして、頭を抱えている。

「今、来たの？」

突然、柱の陰から男が振り返り、君に向かって声を掛けてきた。まるで君がここに来ると知っていたかのような、遠慮のない口振りだった。驚いて君は浮彫の少年から視線をずらした。

背の高い肩幅のがっしりした男だった。もやもやカールした黒髪と、黒っぽい洋服が闇に紛れ、輪郭がにじんで全体がぼんやりしていた。グループの一員なのか無関係なのか、列の最後から少し離れたところに一人立っていた。君は小さな声で、「はい」と言った。

「丁度いい時間だ。ほら、日光が柱と平行に射し込んでる」

満足げに男はうなずいた。

「こういう加減だと、柱の彫刻に一番いい光が当たる。今の季節、太陽の角度がぴったりくるのは、ほんの数十分しかないんだ。運がいい」

男が動くと暗がりも一緒に動き、思わず君は一歩後ずさりしたが、不思議と怖くはなかった。男の声が、例のグループが発するのと同じ種類だと分かっていたからかもしれない。グループはドームの真下に集まり、ガイドが指し示す旗の方向を忠実に見やっていた。他にも光の向こう側から扉をくぐり抜けてくる見学者の姿が、幾人か目に入った。外側から見た時には小さな積み木のようだったのに、いくら人が入って来ても、中は広々として余裕があった。

「ここは、どこですか？」

一呼吸置いてから、君は尋ねた。見ず知らずの人に質問していること自体に戸惑いながら、同時に、石にこだまする自分自身の声に驚いてもいた。それは大人びていて、よそよそしかった。

「聖堂だ」

迷子がそういう質問をするのは当然である、とでもいうようなあっさりした口調で、男は答えた。

「聖遺物を保管しておくための箱だよ」

「セイブツって何ですか？」

「奇跡を起こした人の形見だね。まあ、たいていはインチキだけど」

それが自分の求めていた答えかどうかは判然としなかったが、一先ず、会話が成立したことに君はほっとし、柱の間を歩く男の後に続いた。太陽の角度を確認しつつ高みを見上げる男の視線に、自分の視線を重ねた。

一本一本の柱すべてが、異なる形の浮彫を持っていた。誰もが何かしら辛い目に遭っていた。股間を蛇に食われる。碾き臼で乳房をすり潰される。自分の髪で自分の首を絞められる。胴体が一つのまま頭が二つに分裂する。耳が巨大化する……。

いつしか君と男は一緒に見物する流れになっていた。一本の柱でも、一周する間に浮彫は表情を変え、目を凝らせば凝らしただけ、どこまでも奥行きを増していった。どんなささやかな隙間にも必ず何かが彫ってあった。ただの空洞かと思っても、見る角度が変わると途端に隣の側面とつながり合い、怪物の体の一部になったり苦痛を生み出す道具になったりした。男が言うとおり、小窓からの光が丁度柱頭で交差し、彼らを宙に浮かび上がらせていた。

片腕が肥大して横笛になる。唇にカエルが吸いつく。伸びすぎた爪が湾曲して掌を貫通する。お臍から樹木が生える。その樹木にたわわに果実が実る。……。

皆、目と口は単なる穴だった。鑿《のみ》で空けられた素朴な洞だった。そのせいか誰もが、自分の身に降りかかる災難の悲惨さに見合うだけの苦痛を、訴えかけているようには見えなかった。苦痛を与える側もむしろ、できればこんなことに手を貸したくはないのだが、という雰囲気を漂わせていた。絶望して泣き叫ぶでもなく、残忍さをむき出しにするでもなく、お互い、なぜ自分たちがこうなってしまっているのか、思案に暮れていた。

形は単純な穴でも、その奥を満たすのはただの暗がりではなかった。考えても考えても解けない謎を背負わされた彼らの、声にならない言葉が積み重なってできた、厚い地層だった。思索を巡らす彼らの邪魔をしないためなのか、小窓の光も目と口の一番奥深いところには届いていなかった。

「この人たち、いつからここにこうしているんですか」

男の広い背中に向かって君は尋ねた。

「君が生まれるずっと前からだね」

柱頭から視線を動かさず、男は答えた。

「じゃあ、もうかなり長い間ですね」

「で、見当はつくと思うが、我々が死んだあともずっとこのままだ」

「はあ……」

思わず君は、感嘆と同情の入り混じった声を漏らした。ずっとこのまま、という一言だけがいつまでも耳にまとわりついて消えなかった。

ガイドの旗が揺らめくとともに、グループが壁際へと移動をはじめた。相変わらず彼らの発するざわめきはゆっくりとした渦を巻いていた。

君は最初の柱に戻り、正面扉の前に立った時と同じように、浮彫の人々を最初から見つめ直した。

「ずうっと動けないんだぞ。一生、柱に閉じ込められたままなんだぞ」

君は自分にそう念押しした。そのことと、鳥のくちばしで胴体を捻じり回されるのと、君にとっては変わらない悲惨だった。果てしもなく長い時間それに耐えている彼らに捧げるべきなのは、同情ではなく尊敬だと感じはじめていた。

君は瞬きをし、両足を踏ん張る。君は心の内にうろこのある鳥を解き放ち、少年の胴体を巻き戻して、よだれを拭き取る。少年は乱れた髪を撫でつけ、感謝の踊りを見せてくれる。胴体がちゃんとつながっていることが分かり、踊りはなお軽やかさを増す。頭上では鳥が旋回しながら、ようやく自由になったくちばしでさえずっている。

少年が踏むステップの振動に気づいた横笛の人が、片腕を持ち上げ、自慢の演奏で踊りに花を添える。感動した観客は巨大な耳で拍手し、伸びすぎた爪を打ち鳴らしてアンコールを求める。その間もずっと君は、分裂した二つの頭に平等に話しかけている。疲れたら全員で蛇とカエルが遊ぶ草原に腰を下ろし、すり潰されずにすんだ片方の乳房から乳を搾り、お臍の果実をもいで分け合って食べる……。

君は意識していなかったが、柱をもう一巡する間、男はずっと後ろにつき従っていた。君の視界を遮らない位置に、黙って立っていた。背後にいる時の方がより男の体は大きく見えた。聖堂の外のざわめきは遠く、小窓と扉は相変わらず、か細い光を通すばかりだった。

浮彫の人々は、自らの目と口の暗がりの中、君が思い描くとおり自由自在に動き回っていた。思索の地層の中をどこまでも深く潜っていった。君は幾種類もの自由を彼らに与えることができた。踊る、駆ける、ジャンプする。よじ登る、投げる、回転する。自分がいつもやっていることと同じなのだから、少しも難しくはなかった。いつしか彼らの姿は君にすり替わっていた。彼らが君で、君が彼らだった。

「どんなに好きに動き回ってもいいんだよ。心配はいらない」

君はつぶやいた。

「だって、絶対迷子にはならないんだから」

彼らに触れる代わりに、君は柱に掌を押し当てた。地上の迷子と、天井にあって迷子になれない者たちを、石の冷たさが結んでいた。

「ああ、そうだ。君の言うとおりだ」

ほんのささやかな独り言を聞き逃さず、男は相槌を打った。


母が経験した中で、間違いなくあの海外旅行中の迷子が、彼女に最も痛切な刻印を残した。時間だけで言えば、六つの時、海水浴場ではぐれた時の方が長かったかもしれないが、そんなことは全く問題ではなかった。言葉の不自由さや地理の不案内を差し引いてもなお、あの迷子の時に味わった喪失感の深さは計り知れないものがあった。

ほとんど彼女にとっては、一つの死を味わったも同然、と言ってよかった。かつて幾度となく感じていた、君を失うかもしれないという恐怖をやすやすと上回る、手触りもにおいも重みもある、ひとときの死だった。警察の玄関ロビーのベンチに一人腰掛け、自分とは無関係に通り過ぎてゆく人々のざわめきの中、赤ん坊の君が握り締めていた空洞を思い出しつつ、自分の両手に収まる死を見つめていた。

なぜあの時が特別だったのか、後年、母は自問することがあった。治安の悪い外国だから、迷子ではなく誘拐かもしれないと恐れたのだろうか。単に長旅で疲れが溜まっていただけなのだろうか。あるいはやはり、ヘアリキッドの警告と関わりがあるのか。

考えても結論は出なかった。ただいつも彼女の思いは一つの仮定に集約され、着地した。

「あれが、最後の迷子だったからかもしれない」

当時、渦中にあってはこれが最後になるかどうかは誰にも分からなかったはずだが、この仮定に行き着くと、なぜか得心がいった。何かの折り、家族が集まって昔話に興じるような時、必ず一度はあの迷子の話題が出た。両親によって繰り返し語られるうち、尾鰭がつき、磨きがかかり、自然と笑い話になっていった。しかし大げさな手振りを交えてにこやかに語りながらも、母は決して両手の空洞に感じた死の感触については口にしなかったし、君は何も覚えていない振りをして、ただ恥ずかしそうに微笑むだけだった。

広場と聖堂を結ぶ通りで君を見つけたのは父だった。君は泣きじゃくるでもなく、パニックを起こすでもなく、帰る場所はちゃんと分かっています、という落ち着いた足取りをしていた。むしろ興奮しているのは父の方だった。思わず駆け寄って肩を抱きかかえると、今更聞いても意味がないと分かっていながら、迷子のたびについ口をついて出てしまう質問をしていた。

「どこへ行ってた？」

どこへ？　その問いを君は自分の胸の中で繰り返した。聞き慣れているはずの質問が、なぜか斬新な響きを持っていた。自分はどこにいたのか。どうしてこんな易しい質問に答えられないのか。不思議でたまらなかった。

「お腹が減った」

君は言った。

「そうだな。よし。ママと一緒にアイスクリームを食べよう」

的外れな答えにもかかわらず、父は納得し、もうそれ以上、どこへとは尋ねなかった。


見学が終わったのか、グループはガイドの旗を中心に再びコンパクトな一塊になり、柱の間を進んでごく自然に君と男を飲み込んだ。思慮深い音楽のようなざわめきが二人を包んだ。君はもう一度、柱頭を見上げた。

ふと、自分が聞いているのは、浮彫の彼らの声ではないのか、という気がした。ガイドもグループの人々も、皆口をパクパクさせているだけで、本当はそれは、一列になって上部の混乱を支える人々や、胴体を捻じ曲げられている少年や、うろこのある鳥の、底なしの暗闇から発せられている声なのだ、そして男はきっと通訳なのだ、と。

いつの間にか柱頭で交差する光の筋が解け、浮彫は宙に取り残されようとしていた。君と一緒に戯れ、ひとときの自由を味わった人々も皆、定位置に戻り、目と口にたたえた自らの暗がりの中に沈み込んでいた。目を凝らしても最早、元気一杯の踊りを披露してくれた少年の胴体は、ぼんやり霞むばかりだった。

「太陽の角度が変わったんですね」

君は振り返り、男に向かってそう話しかけた。しかし男の姿は浮彫の人々の声に紛れ、既に見えなくなっていた。扉の向こうの光が迫ってくるにつれ、音楽に似たその声は明るさに吸い取られ、どこかへ遠ざかっていった。

扉の外に立った時、君は再び一人に戻っていた。しばらくは眩しくてきちんと目を開けていられなかった。手の中の紙切れは皺だらけになり、母の字は半分消えかかっていた。

その夜、君の乳歯が初めて一本抜けた。ぶよぶよして頼りない歯茎の空洞とは裏腹に、乳歯は強固で精巧だった。ついさっきまでそれが自分のものだったとは、とても信じられなかった。君は唾液と血のついたそれを指先でつまみ、洗面台の明かりにかざして子細に眺めた。小さな窪みやカーブや、乳白色の奥に透ける影が複雑に組み合わさり、少しでも光の加減が変わるたび、さまざまな表情が浮かび上がってきた。

「僕の浮彫だ」

君はつぶやいた。君はそれを聖遺物のように握り締めた。

仮名の作家

差し障りがあるといけないので、恋人の名前は仮にミスターMMとでもしておこうと思う。

彼はその名を聞けば誰もが知っている作家だ。華やかなベストセラーリストとは無縁かもしれないが、着実に作品を積み重ね、根強いファンを持ち、多くの尊敬を集めている。世界中の言語に翻訳されているし、寂れた町のどんな小さな本屋の棚にも著作は並んでいる。例えば〝未来に残したい今世紀の傑作ベスト50〟とか、〝死の床で読みたい一冊〟などというアンケート特集が組まれれば、たいてい彼の作品を見つけることができる。

もうすぐそこまで迫って来た死の影に半ば飲み込まれながら、最後のページにたどり着ける望みもないまま、やせ細った手が一冊、本を抱えている。残り少ないわずかな時間が、一冊の本のために捧げられている。その背表紙に彼の名前が刻まれていると思うだけで、私は誇らしい気持で一杯になる。この世には無数の本があるというのに、たった一冊、彼の本を選んでくれたアンケートの回答者に、感謝の念を送る。

アンケート用紙を前にした回答者は考えを巡らせ、リストの中から一冊、一冊ふるいにかけ、ようやく残った最後の本を胸に抱き寄せて、書名と作者名を記す。そうした過程を自分なりに頭に思い浮かべてみる。死体が運び出されたあと、白い清潔なシーツで覆われたベッドの枕元にぽつんと置かれた本が、まるで死者の生きた証を吸い取ったかのように、静かな精気を放っている。光がそこだけに集まっている。死と引き換えにして、ミスターＭＭと誰かとの間に特別な親密さが生まれている。残された者たちは皆、枕元の本こそが自分の愛した人そのものであると、信じるようになる。

少しずつ私は、見ず知らずの回答者のことが気になってくる。死との引き換え、という一回だけしか許されない特典を行使した回答者に、隙をつかれ、ズルをされ、出し抜かれたような気分に陥っている。抗議すべきなのにその方法が分からず、ますます苛立ってくる。いつの間にか、ついさっき感謝したばかりなのも忘れている。

私は恋人と回答者の名前が並んでいる部分を、何度も人差し指でこすってみたりする。そんなことをしたって何の役にも立たないと分かっていながら、一方では、ミスターＭＭへの愛の深さゆえ、自分の指紋は邪魔者の名前を跡形もなくこすり取ってしまえるのではないか、と信じてもいる。三十分でも一時間でもそうやっているうち、やがて私は回答者の死体は既に運び去られたあとであることに気づく。私は自分の迂闊《うかつ》さを笑い、せいせいした気分で指紋の間に挟まった滓を吹き散らす。

朝目覚めるとまずミスターＭＭについて考えた。一瞬でも彼と無関係な何か、例えば窓の向こうから伝わってくる冷たい雨の気配、胃の不調からくるゲップ、牛乳を買い忘れたことを思い出して漏れる吐息、等々が差し挟まれる余地はなかった。眠りの世界からこちらに戻って来た瞬間、心は既に彼で満たされていた。

あるいは逆に、無関係な何かの中に、彼の存在を発見するのはお手の物だった。喫茶店のラジオから流れる歌謡曲の歌詞に、小説のタイトルと同じ一節を聴き取る。近所のスーパーマーケットで、彼の出身地と同じ産地の野菜を買う。散歩の途中、デビュー作の主人公と同じ苗字の表札を見つける。電車の乗降口ですれ違った男性の背中が、彼と似ているのに気づいて振り返る……。もうそうした事々の連続だった。世界中すべてに彼が充満していた。

だからだろうか。本屋や図書館や、そこに彼がいるのが明らかな場所へ足を踏み入れるのは、渦巻きの中心に自ら身を投げるようで、かえってためらわれた。鼓動が激しくなり、額に汗がにじみ、手足がぎくしゃくして上手く動かせなくなった。彼の本がどの棚のどのあたりに並んでいるかは十分把握していたが、真っすぐにそこへ向かうのは、あまりにあからさまで、恥じらいがなさすぎる気がした。私はわざと周辺をうろつきながら少しでも鼓動が収まるのを待ち、棚の間をジグザグに縫い、慎重に距離を縮めていった。彼がどれくらい忍耐強いかはよく知っているので、焦る必要はなかった。行き過ぎる人々は誰一人、私と彼の間柄に気づいていなかった。私は高らかな声を張り上げて自慢したい気持を、一生懸命に我慢した。無遠慮で大きな声は、ミスターＭＭに最も似つかわしくないものだった。

私は彼が求めるやり方で、彼に仕えた。新刊が出ると、電車に乗ってできるだけ広範囲の本屋を巡り、一冊ずつ本を購入してゆき、四十冊、五十冊とたまった時点で、今度はそれらを町のあちこちにこっそりと置いていった。いかにもついうっかり誰かが忘れていった、という風情を漂わせつつ、わざわざ警察に届けるほど大げさでもなく、拾った人が思いがけないご褒美をもらった気分になれる。そういうところを探して何日も町をさ迷い歩いた。一時間に一本しかバスが来ない停留所のベンチ、コインパーキングの精算機の上、老人ホームの郵便受け、熱帯植物園の展示棚、公民館の受付カウンター、路面電車のクッションの隙間、倒産した石鹼工場の守衛室……。

彼の小説が置き去りにされるのに相応しい場所は、そうどこにでもあるというわけではなかった。そこには私と彼、二人だけの間で取り決められた厳しい基準があった。目立ちすぎてもいけないし、忘れ去られても意味がなく、たとえ何年気づかれないままであろうと、品格と威厳を保ち続けることができる場所。私は決して妥協しなかった。一日中歩き回った挙句、一冊も置き場所を見つけられないことも珍しくなかった。せっかく素晴らしい場所を発見できたのに、「ちょっとあなた、これ、忘れてますよ」と、まるで傘か手袋の忘れ物を指摘するような気軽さで、私の肩を叩く人もあった。私は心の内で舌打ちをし、彼の小説に出会える幸運を逃したその人を哀れんだ。

眠れない夜は、私が世界に配置した本を、誰かが読んでいる様子を想像して過ごした。その誰かが小説の果てしもない奥底に立ち、かつて一度も目にしたことのない風景の前で言葉を失くしている姿を思い描いた。小説を書いたのはもちろん彼だが、それに天使の羽を縫い付け、一人ではたどり着けない場所まで導いたのは私なのだと、密かに自分を称えた。

ミスターMMと出会ったのはもちろん小説を通してだった。一ページめ、最初の一行を読んですぐに気づいた。この人は特別な声の持ち主である、と。

物語は言葉ではなく声で書かれていると幼い頃から私は知っていた。何が書かれているかはたいした問題ではなく、私にとって重要なのは、どんな声で語られているかだった。絵本をめくると、文字がリボンのようにするすると解け、声になって伝わってきた。しかも聞こえてくるのは登場人物の声でも、ましてや読んでいる自分の声でもなく、作者の声なのだった。だから私はアンデルセンやミルンやケストナーの声をよく知っていた。私が望めばいつでも彼らは、私一人のために、息が耳たぶにかかるほど近くでお話を読んで聞かせてくれた。実は彼らがとうの昔に死んでいると知った時には、ショックで熱を出し、一日寝込んだほどだった。

私が声にこだわりを持つのは、もしかすると育った家が耳鼻咽喉科医院だったことと関わりがあるのかもしれない。医院はとても繁盛していて、待合室に入りきれない患者が中庭にまであふれ出し、始終騒々しかった。住まいと医院を隔てる納戸に忍び込み、診察室を見学するのが私は好きだった。篦《へら》、管、針金、ゴムチューブ、綿棒、漏斗、噴霧器、メス。父はあらゆるものを人々の穴に差し込み、看護婦の母は、それらが正しい角度と深さを保つよう、彼らの肩を押さえつけていた。まだ歩けもしない赤ん坊でも、腰の曲がった老婆でも容赦はなかった。喉仏を引っ張られて思わず下品な音を漏らしたり、鼻の穴を無理やり押し広げられたり、円盤の穴から耳の奥の暗闇まで覗き見されたりしている患者たちを前にすると、なぜか神秘的な気持になった。屈辱に耐えながら、一生懸命自分の声を取り戻そうとしている人々が、健気でならなかった。

ちょうど初潮を迎えた頃、自分の声を人に聞かれるのが恥ずかしくてたまらず、学校でも家でも筆談で過ごしていた時期があった。喋りたくない、人と関わりたくない、というのとは少し違った。とにかく、自分の声を誰かに聞かれるのは、喉の入口にあるびらびらした襞を押し破られ、鼻と耳が交差する秘密の洞窟に侵入されるのと同じくらい、暴力的なことだった。それなら経血を晒される方がまだましだとさえ感じていた。

なぜ皆平気な顔をして、惜し気もなく声をあたり一面にまき散らせるのか、不可思議だった。薬品会社のメモ帳をスカートのポケットに忍ばせ、喋る必要が生じた時は全部それに書きつけて相手に渡した。乱暴に千切れた切れ端と、書き殴った読みづらい字に、たいていの相手は気を悪くした。

小説の声にもいろいろな種類があり、決して誰もがシルクのリボンの肌触りを持っているのではないこと、中には文字のまま解けず、声にさえならない作品がいくらでもあることに気づいたのも、ちょうど同じ頃、この不機嫌な筆談の時期だった。

初めてミスターMMの声を聞いた時、あまりにも自然で、素直で、慕わしく、今自分が本を読んでいるのを忘れ、思わず目を閉じて耳を澄ませようとしたほどだった。シルクの質も、結び目の組み合わせも解け方も、すべてがかつて読んだどんな作家とも違っているのに、なぜかしら懐かしい気持が込み上げてきた。これこそが私に必要な声なのだと分かった。

厚みと艶と、微かに鼻にかかる柔らかさがある。どんな局面であれ、慌てたり、興奮したり、小手先で誤魔化そうとしたりしない。夢中で読んでいると、圧倒されるような思いに捕らわれるのに、いつの間にか声の両腕に抱き留められている。声の唇が、私の体の一番柔らかいところに触れている。あの無言の思春期以来、空虚なまま放置されていた秘密の洞窟にそっと置かれた彼の本を、とうとう私は手に取ったのだった。

それからはどんな短い作品でも、彼が書いたものはすべて読むようになった。書評やインタビュー記事ももちろん見逃しはしなかったが、彼自身の書いた文章には到底かなわなかった。彼の声には、彼のすべてが含まれ、それだけで充足していた。他には何も求める必要のない、完全な永遠の形がそこにあった。

例えば分厚い文芸雑誌を手にした時、目次など見なくても、彼の小説が載っているページを一度で開くことができた。どのあたりにその声が潜んでいるか、私には直感で伝わってきた。雑多な不協和音の中、たった一粒、格段に輝き方の違う宝石を拾い上げるのと同じだった。

正直、彼の容姿はほとんど意味を持っていなかった。初めてサイン会で実物の彼を目の前にした時、一瞬で、声に勝る肉体はないのだという現実を理解した。もちろん、容姿が予想より貧相だったのを嘆いたわけではなく、作品の声への愛おしさがいっそう深まる幸福を、嚙み締めてのことだった。長い行列に並び、サインをしてもらったあとに握手をした時は、緊張しすぎて感触を味わう余裕はなかった。思わず頭を垂れ、両手で包み込んだ彼の右手を額にこすりつけた。痺れを切らした係の人に半ば無理矢理引き離されるまで、
「この御手ですね、あの声を生み出して下さっているのは。どうもありがとうございます」
と、感謝の祈りを捧げ続けた。

誰にも内緒にしているが、私はミスターMMの書いた小説、長編十三作、短編三十三作、掌編九作、すべてを暗記している。五百ページを超える大作も例外ではない。デビュー作から最新刊まで、書き出しから最後の句点まで、一字の漏れもなく、助詞一つの間違いもなく、文字通りすべてをだ。

新しい本が出るとすぐ、例の置き去り作戦を決行しつつ、同時に暗記作業に入る。時に果てしもない気分に陥る根気のいる作業だが、私はちっとも苦にしない。それどころか、彼の声に一日中耳を澄ませていられるのだから、これほどの幸福はない。ただ、彼が払っている労苦のほんのわずかでも分担できないことに、申し訳なさが募るだけだ。

暗記は仕事中が最もはかどる。私は一日中、弟の代に替わった耳鼻咽喉科医院の受付に座っている。できるだけ生の声を患者たちに聞かれないよう、弟に頼んで受付カウンターには、

口のところだけ円状に穴をあけた、プラスチック板の仕切りを取り付けてもらっている。診察券や問診票や処方箋は、カウンターとプラスチック板の隙間からやり取りする。

父の使っていた医療器具はどれも時代遅れになってしまい、医院は昔ほどには繁盛していない。患者を押さえつける役を引き継いだ弟の奥さんは、先代以上に情け容赦がなく、皆から恐れられている。

私はカウンターの内側、変色したカルテで満杯のキャビネットに囲まれた小さな空間で、患者が来るのを待ちながら、膝に広げた彼の本に視線を落としている。一行一行、一言一言、両手ですくい上げ、サイン会の時拝んだのと同じようにして額にこすりつけ、自分の脳に染み込ませてゆく。私は不器用なので、どんなに慎重にやっても声は指の間からこぼれ落ちてゆき、そのたびに拾い直さなければならないが、焦りは禁物だ。小説の中には、私の一生を何度繰り返してもまだ余るほどの時間が流れている。

少しずつ彼の声が、秘密の洞窟に響きはじめる。暗闇を震わせるこだまが、彼の声と同調し、洞窟の隅々に行き渡る。

気づかない間に私はこだまを追い掛け、ぶつぶつ呟いている。もちろん彼の声を邪魔しない程度の、ほんの微かなささやきに過ぎない。

「おとといから、黄色い鼻汁が出ます」

なのに患者たちは容赦なく私のつぶやきを蹴散らし、半ば自慢でもするように堂々と病状を主張する。

「扁桃腺に膿がたまって、嫌な臭いがするんです」

しぶしぶ私は作業を中断する。鼻汁と膿の臭いをかがなくて済むよう、プラスチック板の穴から口元をずらし、無言で問診票と体温計をあちら側に滑らせる。

ポリープ、鼻茸、薬の追加、耳だれ、おつりの不足、アレルギー、鼻血、保険証紛失、異物混入……。受付の女性が今、どれほど崇高な行為に没頭しているか知りもせず、患者たちは好き勝手な主張を繰り出してくる。その都度私は、膝の上の本が落ちないようしっかりと支えつつ、プラスチック板の穴を通る最小限のやり取りで彼らを適宜さばいてゆく。彼らがまき散らす瑣末な物事の穢れで、万が一でも彼の声に濁りが生じるようなことがあってはならないと、用心に用心を重ねる。

一冊、全部の暗記を終了した時の喜びは計り知れない。早とちりはないか、不安定な部分はないか、最終チェックを終え、ようやく最後のページを閉じる瞬間には、自然と口元に笑みが浮かんでいる。自分の全身に、すっぽり彼が収まっているのを感じる。こんなにも完璧に一体になれる恋人同士は他にいない、と確信する。

これでもう大丈夫だ。強盗に手足を縛られ、何週間監禁されたとしても、秘密の洞窟の扉を開けさえすれば、彼の声を聴くことができる。あるいは、世界中の本が燃やされ、その灰燼の前に一人取り残されて呆然と立ち尽くしたとしても、私の中に、彼の声は生きている。

「こんなべたべたした耳だれが詰まって、上手く聞こえません」

また一人、患者が現れる。同情を買おうとしてプラスチック板の穴に耳だれをこすりつけてくる。

「ええ、心配はいりませんよ。看護婦さんが優しく篦で掻き出してくれますからね」

新刊一冊分の暗記を完成させ、上機嫌の私は珍しく無駄口をきいたりする。たとえ中耳炎の患者でも、私と彼を引き離すことはできない。

時々ミスターMMは読者のための集まりを開いた。図書館の談話室や、大学の視聴覚教室や、書店の会議室で、小説の話をしたり他の作家と対談をしたりした。ほんの五十人ほどのこぢんまりとした集いだった。そういう場で私は、できるだけ隅の席に座り、目立つ振る舞いはしないように心がけた。つい油断して私たちの間柄が他の人々に露見し、彼に迷惑がかかってはいけないと思うからだった。

毎回参加しているうち、おのずと同じ顔触れを目にするようになった。彼のファンは老若男女、偏りがなかった。世界からまんべんなく、平等にピックアップして集めたかのような律義さがあった。ただし皆、友だちの少なそうな雰囲気を漂わせていた。古風と言ってもいいくらいに堅実な装いに身を包み、顔立ちは大人しく、荷物は小さなカバンが一つ、といったところだった。ほとんど全員が一人で参加し、顔見知りになってもお互い口をきかず、各々の孤塁を守っていた。そういう地味な人々の間にあっても、日々プラスチック板の内側に身を潜めている私は、苦もなく目立たないでいることができた。

その読者の集いで私が大失敗をしでかしたのは、彼の六作めの長編小説が出版されて間もなくの頃だった。プログラムの最後、読者の質問コーナーになった時、そんなことはかつて一度もなかったのに、巡り合わせが悪かったのか、なぜか誰も手を挙げる人がなく、しんとして気まずい空気が流れた。彼を救うため、普通なら絶対にしない行為を私はした。挙手をして質問したのだ。

「本日は貴重な、また楽しいお話をどうもありがとうございます。私はあなた様の御作品を長く愛読いたしております、一ファンでございます。素晴らしい文学が私の傍らにあって、人生に実りをもたらしてくれておりますのも、すべてあなた様のおかげでございます。この場をお借りして、御礼を申し上げたいと思います。さてデビュー作以来、あなた様が水中生物、特に品種改良を重ねて奇形の域にまで達した金魚や、ダイオウイカを食べたマッコウクジラの糞から作られるお香や、シーラカンスの骨格標本や、養殖魚や、魚拓や、いわば人の手によって加工された類の魚にこだわりを持ってこられたのは、有名な話で、メインのテーマに絡んできたり、主人公の窮地を救う重要な役目を負ったり、はたまた本流の淵に潜んでこっそり水面を窺っていたりして、迂闊な読者ですと見逃してしまうわけですけれども、それらが何を象徴するのか、批評家たちはさまざまに推論を繰り広げ、ある者は子ども時代の抑圧の記憶であるとか、またある者は男性的征服欲の変形であるとか、もっともらしい結論を披露し、読者としてはむしろ余計なお世話と感じなくもないのですが……」

少しずつ私はまとまりがつかなくなっていった。彼との真実の関係を察知されないよう、わざとよそよそしい言葉遣いで喋っているうち、話はどんどん混線するばかりだったし、更には、よりにもよって他ならぬ彼に、プラスチック板の穴を通さず直接喋りかけるという恥ずかしさにも、耐える必要があった。

「……毎回毎回、新作が出ますたびに、今度はどんな形でどんな種類の水中生物が登場するか、期待は膨らみ、もちろんそれは小説の本質とはまた別な、しかし愛読者ならではの喜びであり、水中生物が発見できませんと何だか少し寂しい気分にもなり、多くの読者はきっと気づかないに違いないと思われるような、暗号にも近い形でそれを発見した場合には、凄まじい競争率のコンテストを勝ち抜いた気分にもなるのでして……」

私と彼との間には数メートルの距離はあったが、どんなに目を凝らしてもやはりプラスチック板はなく、集いに参加した人々の後ろ頭が並ぶばかりだった。私はあの、鼻汁と耳だれと膿がこびりついた、プラスチック板の穴が恋しかった。ならば手早く発言を切り上げればいいのに、焦れば焦るほど言葉だけが勝手にあふれ出し、自分は何のためにここに立っているのか、そもそもの目的も遠のき、最早手の施しようがない状態に陥っていた。

「……抑圧であろうが征服であろうが、どちらにしてもただ一つ明らかなのは、あなた様が水中生物たちに深い愛着を感じておられる事実でして、時にそれはもうほとんど畏怖の念と言っても過言ではなく、私共愛読者たちは本を開きますとまるで深海をさ迷っている気持になり、目に見えない水流に乗って漂ってくるあなた様のお声に耳を澄ませ……」

その時、観客の一人が部屋中に聞こえる大きな溜息をついた。いかにも忌々しげな溜息だった。それが見えないボタンを押したとしか思えない。

「初期の散文小品集の中に、主人公の母親が深夜の水産試験場に忍び込む場面がありましたが、あれは、何の暗示なのでございましょうか」

気づくと私は自分でも説明のつかない質問をしていた。それまでの混乱を打ち消し、すべてを収束させるに相応しい、冷静な口調だった。ただ問題なのは、彼の作品すべてをひっくり返しても、そんな場面はどこにも存在しないということだった。

水産試験場に忍び込む？　私は声にならない声で自問した。そんな場面がないことは、ここにいる誰より、もしかしたらミスターMMより、全作品を完璧に暗記している自分が一番よく分かっているはずじゃないか。

部屋には再び沈黙が訪れていた。最初の気まずい沈黙を紛らわせて余りある長すぎる時間が、いつの間にか過ぎてしまっていた。私の発言がようやく終止符を打ったことに、ある者は興ざめの表情を隠さず、ある者は安堵の欠伸を漏らした。

ただ一人、彼だけがうんざりしていなかった。翳《かげ》りのない眼差しを見ればよく分かった。彼はマイクを握り、質問の一言一言を咀嚼してから、立ちすくんでいる私に思慮深い視線を向けた。

「暗示というほど、大げさな心づもりはありません」

彼は答えた。小説の中でいつも聴いている、私の愛するあの声だった。

「水産試験場をさ迷い歩く母親は、水流の気配を耳にしながら、彼女なりの償いをしたのでしょう」

そう言うと彼は、私だけのために微笑みを送ってくれた。質問者は私なのだから、それを受け取る権利があるのは私一人なのだった。

「それでは皆様、予定の時間をオーバーしておりますので、このあたりで本日は……」

係の人が何か言っているのももう耳に入らなかった。どこからか不意に現れ出た架空の場面を、彼は否定するどころか自分が描写したものとしてそっくり抱き留め、架空の答えを返してくれた。私と彼、二人の間に、他の誰も知らない私たちだけの物語が生まれた。

取り返しがつかないと思った大失敗が、実は二人の愛を深める、彼からの贈り物だったと気づいて私は有頂天になった。夢見心地で倒れそうになるのをどうにか踏み止まり、乾いた唇をなめ、掌の汗をスカートで拭った。私一人に構っているわけにもいかない彼は、係の人に促されて立ち上がると、丁寧にお辞儀をして部屋を出て行った。観客たちも皆、薄っぺらなカバンを手に持って無言のまま解散した。全員が退出し、ホワイトボードや水差しやパイプ椅子が片付けられてもまだ、私はその場から動けずにいた。

「あの、そろそろ……」

係の人がスイッチに手をかけ、いよいよ電気を消そうとしているところだった。私は誰もいなくなった部屋に浮かぶ、深夜の水産試験場をいつまでも見つめていた。そこは彼の声がこだまする、秘密の洞窟と同じ闇に満たされていた。

以来、集いのたびごとに、本当はどこにも書かれていない架空の場面について、質問をするのが習わしとなる。ほどなく私は、長々と収拾のつかない前置きはなしにして、手短に質問をまとめる術、更には係の人に「はい、そちらの方」と指さしてもらえるような、元気のいい爽やかな挙手の仕方を身につける。

別に難しく考える必要はない。むしろ私と彼が求めるのはその逆、軽やかさだ。小説にちょっとした彩りを添える、本筋を邪魔しない隠し味のような小道具。もしかしたらそんな一節があったかもしれないと、どんな読者にも思わせてしまうさり気ない会話。私たち二人以外の誰が望んでも決して在りかを見つけ出すことのできない、隠し扉の向こうに潜むエピソード。そうした物事について、慎ましいけれどもキラリときらめく質問を考える。

母親の葬儀の日、息子が置き忘れた傘の色。恋人と一緒に食べたサーモンの調理法。別荘で飼っている沢蟹の寿命。作品AとBに共通して起こる停電の偶然……。

誰も傘は忘れないし、沢蟹も飼っていない。一緒に食べたのは鶏肉料理で、作品Bに停電のシーンなどない。完璧な暗記のどこを探したってないのだ。心の中でそう叫びながら、一方では冷静に質問を繰り出す。このアンバランスが私を興奮させる。表情に出してはいけないと思えば思うほど、顔が火照ってどうしようもなくなってくる。

彼は一度瞬きをし、メガネのフレームに手をやる。それが「うん、とてもいい質問だよ」という合図だ。たったそれだけで私たちは、手を握るよりも接吻するよりも熱く、共犯の契りを結ぶことができる。

彼の答えには迷いがなく、思いやりがこもっている。短い質疑応答だけれど、二人力を合わせ、うきうきするひとときにしような、大丈夫、僕に任せて、というメッセージが伝わってくる。毎回私たちは上手くやれる。まるであらかじめ打ち合わせをしているかのように、ぴったりと呼吸を合わせられる。いや、彼の声はそっくりそのまま私の洞窟に収まっているのだから、そもそも何を打ち合わせる必要もないのだ。

こうして私たちは次々と、私たちだけの物語の断片をこしらえ、一緒に積み上げてゆく。質問はいくらでも湧き上がってくる。いつしか本体の小説より、架空の断片の方が大きくなる時が来るのではないだろうか、と夢想する。

集いが近づくと、待ちきれずに夜眠れなくなる。楽しみが極まると、うれしいのか苦しいのかよく分からず、かえって辛い気分に陥るということを、私は知る。カレンダーに一日一日記入する×印が、何か不吉な模様に見えてくる。

当日が医院の診療時間内ならば当然受付の仕事は休み、二十五年前に買った一枚きりのワンピースを着て、ハンカチ一枚しか入っていない薄っぺらなカバンを提げ、開始時刻の何時間も前から会場に向かう。建物の周囲をぐるぐる歩きながら、今回はどの質問にしようかと吟味する。普段履き慣れない革靴のせいで踵の皮がすりむけてくるが、歩みは止めない。むしろ痛みが高じてくればその分だけ、彼と愛を交わす意味も深まってゆくような気がして、わざと踵を靴にこすりつけ、いっそうスピードをアップさせる。受付が始まるまで、まだまだ時間がある。

何周めのことだろう。革靴のヒールが片方、側溝の金網に突き刺さり、根元から折れる。体が不格好に傾いて靴底がズルズルと変な音を立てる。ストッキングが破れ、血で濡れているのが分かる。

「痛みと引き換えなのだぞ」

靴音に合わせ、私はつぶやく。

「痛みあってこその愛なのだぞ」

何度でも力強く、自分に言い聞かせる。

ミスターMMの小説の中で、一番好きなのはどれか。時折、どこからともなくその問いが舞い降りてきて私を困らせることがあった。単なる愛読者ならば、どれが一番面白いか、無邪気に比べ合うのももちろん結構だが、自分のような立場の者が、作品に序列をつけるべきではないと、私はちゃんとわきまえていた。彼への愛に順番などあるはずもないのだった。

しかし、彼の最新作、十四冊めの長編を読んだ時、私は初めて禁を犯した。この一冊こそが一番だと決定を下した。他ならぬ私が主人公に愛されるヒロインのモデルになっているのだから、最高峰に掲げるのに何の遠慮がいるだろう。彼だってきっと許してくれるはずだ。

最初の一ページを読み終わらないうちにすぐ、私はその重大な事実に気づいた。彼の声はいつも以上に親密さを増し、温かみを含み、どこかしら恥じらいも帯びていた。それは一筋のしなやかな水流となって耳の管をすり抜け、鼓膜を震わせ、秘密の洞窟の扉をノックした。闇に響く振動は長く余韻が消えなかった。

「ええ、分かりますとも。もちろんです」

彼の意図を受け取った合図に、私は踵の瘡蓋《かさぶた》をはがし、それで本の扉に血判を押した。

主人公は内気なセールスマンだった。町から町を巡り、役場や学校や事業所に文房具を売り歩いていた。長年使い込んだアタッシュケースには、どんなわがままな客の要求にも応えられる、ありとあらゆる種類の文房具のサンプルが収まっていた。取っ手は指の形どおりに変形し、留め金は手の脂で曇り、合皮の本体には体臭が染み込んで、それはほとんど彼の肉体の一部となっていた。彼の人生のすべてが、そこに詰まっていると言ってもよかった。

ある日、鉄道のストで予定の列車に乗れなかった彼は、ほんの気まぐれから、町の寂れた劇場で『くるみ割り人形』を観劇し、一目で金平糖の精に扮したバレリーナに恋をする。以来、劇場に通い詰め、一輪ずつ薔薇を贈り、カードに愛の言葉を記す。設定が病院の受付嬢からバレリーナに変更されている。

小さな輪郭の中に閉じ込められている人しか愛せないのです、と彼は正直に告白する。切符売り場の駅員、移動図書館の司書、切手専門の画家……かつて自分が好きになった人たちについて、隠さず話す。

「そしてあなたは、トウシューズに足を閉じ込め、舞台という輪郭に体を閉じ込め、クルクルと可愛らしく踊っています。誰がどれほど手をのばそうと、あなたを汚すことはできません」

そう言って彼はバレリーナの頬に触れようとした手をおずおずと下ろし、アタッシュケースを握り直す。

頬に感じるはずだった温もりが遠ざかってゆくのを察知し、私は目を伏せ、彼の手を取ってプラスチック板にそっと押し当てる。彼は驚いて身を固くするが、私の頬が自分の贈った薔薇よりも初々しい色に染まっているのを見て安堵し、愛しい人を隔てているその板の感触を、心行くまで味わう。彼の指紋が流線形の模様になって浮き上がり、患者たちの穢れを跡形もなく洗い流してゆく。カルテとキャビネットとカウンターに囲まれた空間の形通りに私は体を縮め、いっそう小さく閉じ込められながら、彼の指紋を目でなぞっている。

私が一番好きなのは、少しずつ親しみを育んでゆく途中、主人公の飼っているメダカを二人で一緒に見つめる、ほんの短い場面だ。彼は取引先の小学校から譲ってもらったメダカを庭の甕《かめ》に放ち、友だち代わりにして可愛がっている。誰にも打ち明けられない恋の悩みを、メダカに語りかけている。二人は甕のそばに腰を下ろし、縁に指をかけてメダカを見つめている。彼らが背びれを光らせたり、水草に隠れて水中に潜ったりすると、どちらかが「あっ」と短い声を上げるが、それ以外、二人は何も語らない。本当はお互いお喋りを楽しみたいと願いながら、どんな言葉をどう口にしたらいいのか分からず、今はメダカが何よりも大事、というふうを装っている。もちろんバレリーナは黙って踊るのだし、セールスマンは散々喋るのが仕事だから、それ以外の時にはできるだけ静かにしていたいと思うのが常で、二人とも沈黙は少しも苦にならない。水面には二人の顔が映っている。言葉は交わさずとも、望みどおり二人は丸い水の輪の中に閉じ込められている。

メダカに気を取られている振りを続けながら、私はどんな小さな変化も見逃さない熱心さで、上目遣いに彼の様子を窺っている。プラスチック板に反射する待合室の照明のせいで、視界にはっきりと姿を映し出すことができず、もどかしい思いにかられる。何度も瞬きをして目の曇りを取ろうとする。待合室の患者たちは、隙があればいつでも邪魔のできる体勢を整えている。奥の診察室からは、鼻汁を吸い取るポンプの音が漏れている。いよいよ我慢ができなくなった私は、膝から本が滑り落ちるのも構わず、受付の椅子から立ち上がり、彼の指紋に自分の掌を重ね合わせる。プラスチック板は心なしかべたべたしている。いくら沈黙が深まろうとも、彼の声は沈黙という名の響きを持って、絶え間なく洞窟をこだまし続ける。彼の顔がプラスチック板にうっすらと映って見える。メダカたちが水面を横切ったのか、輪郭が揺らめいている。こだまに耳を澄ませながら、私はプラスチック板に顔を寄せ、そこに映る彼に接吻する。

「では、最後のお一人。はい、そちらの方」

今日も私は係の人に指名してもらえる。マイクの握り方も、ちょっと間を取ってもったいぶるやり方も、すっかり板についている。

「メダカを覗き込む二人の顔が水面に映り、水が揺らめいた拍子に接吻したようになって、バレリーナが思わず自分の唇に触れる場面。かつての御作に出てくるどのラブシーンよりも美しいのですが、発想のきっかけは何でしょうか」

会場を周回する間に修正を重ねた質問は、すらすらと口をついて出てくる。いつものように私と彼は、無言の合図を送り合い、愛を確かめ合う。彼が咳払いをし、瞬時に築き上げた架空の物語の最初の一言を発しようとした瞬間、誰かが声を上げた。

「そんな場面、ないね」

大きな独り言のような口調だった。

「バレリーナは純情な女なんかじゃない」

別の誰かが言葉を継いだ。

「情け容赦のない裏切り者よ」

「結局、甕をひっくり返すんだ、あの女は」

「地面でピクピクしているメダカを、トウシューズで踏み潰すのよ」

「どこが美しいラブシーン？　あの人、いつもでたらめばかり」

最前列に座っている人が振り返り、こちらを指さした。

「先生を困らせて喜んでる」

「ねつ造の常習犯だ」

「全く迷惑な女」

「ここに集まる資格があるのは、先生の文学を尊重する人だけよ」

「そうよ。出て行きなさい」

「今すぐ」

「目障りなのよ」

次々と声が上がった。そこにいる全員が私を見ていた。捕らえようとする係の人を振り切り、私は救いを求めて彼に近寄ろうとしたが、腕に食い込む力は思った以上に強く、一歩たりとも前進することができなかった。

「放しなさい。無礼じゃありませんか。私ほど正確に彼の小説を理解している者は他にいません。全部を完璧に暗記しているのですから。彼の声と私の声は、こんなふうに見事に重なり合い一つに溶け合っているんです。いくらだって証明できますよ。ほら、お聴きなさい」

私は最新作の最初の一行から暗唱をはじめる。こんなに大きな声が出せるのかと自分でも驚くほどの声量で、一行一行朗々と唱える。私と彼、二人の声の響きで分からず屋たちを退治しようとする。あたりはざわつき、落ち着きを失くす。特に屈強な体格の幾人かが助っ人になり、私の髪を引っ張り、口を掌で覆い、それでも暗唱が途切れないと見るや首を絞めつけてくる。私は床に引きずり倒され、体中あちこちを踏みつけにされるが、決してひるまない。誰も私の洞窟を破壊はできない。どこまでも果てしなく、私の暗唱は続く。

盲腸線の秘密

　最寄駅を通る盲腸線が、赤字に陥って廃線の危機にある、という噂をどこかで耳にした曽祖父は、用事もないのに毎日電車に乗るようになった。不便を被る地元の人々を思い、廃線阻止に少しでも貢献するためだった。

　家族たちは呆れ、「そんな無駄なことはおよしなさい」と一応言ってはみたが、効果がないと分かるとあとはもう放っておいた。大雪の日も、台風の日も、電車が動いている限り、その日課は守られた。一泊で海水浴に行った日と、インフルエンザで幼稚園を休んだ日以外、ひ孫も一緒だった。

　それは東西の町を結ぶ路線から、北の山側に向かってまさに盲腸のようにはみ出した、たった三つしか駅のない単線だった。他の路線がどれも互いに交差し、合体しながら、地図の先まで延々と続いているのに比べ、それはあまりにも呆気なく短かった。誰かが気紛れに取り付けた余分な突起、といった風情で、終点の駅はどこにつながることもできないまま、ぽつんと取り残されていた。小豆色をした二両編成の電車が、往復で十分もかからないその突起を行ったり来たりしていた。路線図を見る限り、確かにいつ廃線になったとしても、気に留める人はさほど多くないだろうと思われた。

彼らは三つあるうちの真ん中の駅近くに住んでいた。ひ孫が幼稚園から帰ってくるのを待ちかねて、二人は一緒におやつを食べた。祖母が作った、少しも甘くないプリンや蒸しパンや寒天ゼリーだった。

「さてと……」

お茶を飲み干し、髭についたおやつの滓を振り払って立ち上がるのが、出発の合図だった。やることは決まりきっているのに、曾祖父の口調には毎回、予想できない事態に立ち向かおうとでもいうような緊張感があった。

「さてと……」

この一言を聞くたびひ孫は、二人に課せられた作戦の重大さをかぎ取り、さあ、幼稚園で友だちとふざけるのとはわけが違うのだぞ、と自分に気合を入れた。

もっとも彼らが行うのは、電車に乗るというだけのことだった。駅まで五分ほどの道のりを歩き、自動券売機にコインを入れて切符を買い、おつりを小銭入れに仕舞う。まず南行きの電車に乗り、本線との接点になる始発駅に着くと一旦ホームに降りて、折り返し運転となる同じ電車に乗り込む。そして終点まで行き、再び折り返して真ん中の駅に戻って来る。別に困難でも危険でもない、単純な往復移動だった。

曾祖父は必ず、自動改札機に切符を入れる役を、運賃が無料のひ孫にやらせた。それは彼の掌にさえすっぽりと収まるほどの小さな紙片にすぎなかったが、かっちりとした手触りといい、表裏を埋め尽くす暗号めいた文字と数字と記号の組み合わせといい、作戦遂行部隊だけが持てる許可証に相応しい風格を備えていた。ひ孫は背伸びをし、背後に曾祖父を守りつつ、間違っても他の人々に怪しまれたりしないようさり気なく、しかし内心では自信満々に、改札機の細い暗闇の中にそれを滑り込ませた。無事、第一の関門を通過すると、後ろを振り返った。ひ孫はキャップのひさしに手をやり、曾祖父は一瞬入歯をゆるめてカチリと音を鳴らす。それがいつとはなしに二人の間で取り交わされた、了解の印だった。

いくら赤字路線とはいえ、彼らが乗り込む昼下がりの時間帯はことさら元気がなく、買い物帰りのおばさんか、病院へ通う途中らしい老人の姿があるばかりで、二両分合わせても、両手の指で十分ひ孫にも数えられるくらいの乗客しかいなかった。毎日機械的に姿を現す不自然な二人組、との印象を残さないため、彼らはできるだけいろいろな場所に座るようにした。時には運転席が見える仕切りの前に並んで立ったり、ドアにもたれたり、とパターンに変化を持たせた。作戦にとって大切なのは、あくまでも自分たちの都合により、どうしても必要だから電車を利用しているのです、という雰囲気を醸し出すことだった。彼らは決してただぼんやりと電車に乗っているわけではなかった。その都度、事情を作り上げ、架空のストーリーを追いながら役を演じていた。曾祖父とひ孫、二人、心の内で無言の台詞をやり取りしていた。

最もありふれているのは、お稽古事に通う幼児と付き添いの老人という形で、水泳、エレクトーン、リズム体操、絵画教室、児童合唱団等々、行き先を変えればいくらでもバリエーションを増やせる利点があった。ただし彼らが得意としたのは、そういう無難なストーリーではなく、もっと繊細で込み入った空想だった。

例えば、二人は赤の他人だ。秘密警察に追われ、支援者が偽造してくれた身分証明書を手に、親類と偽って危険な国境を越えようとしている。いつ検札がやって来るか、駅に停車するたび、隣の車両から誰かが移動してくるたび、心臓が止まる思いをしながらも、賢い少年は自分の状況をよく理解し、平静さを装っている。老人は自分の命など惜しんではいないが、この少年を託された以上、彼を無事あちら側へ送り届けるのが自分の最後の使命だと覚悟を決めている。あえて盲腸線を選んだのは、敵の目を誤魔化すためだ。行き止まりの電車に乗る者が、どうして国境を越えると思うだろうか。老人は山裾の終点で待っているはずの、偽装ハイヤーへ乗り込むまでの手順を繰り返し確認する。途中で起こり得る不測の事態をできるだけ数多く想定し、一つ一つ解決策を用意してゆく。

いよいよ電車がスピードを落としはじめる。終点の駅はもうすぐそこだ。二人は握った手に力を込める……。

曾祖父は痩せて背が高く、年の割に白髪はふさふさとしていたが、総入歯の嚙み合わせが悪いせいか、口元が貧相に窪んでいた。好き勝手にのびている髭が、ちょうど寝心地のいいクッションのようになって口元を守っていた。曾祖父の言葉が不明瞭で、どんなに一生懸命喋っても独り言と区別がつかないのは、声がこのクッションに吸い込まれるからだ、とひ孫は知っていた。

若い頃の曾祖父が何をしていた人なのかは謎だった。家族中、誰もそんなことに関心を持っていなかった。もちろん本人に尋ねれば、何かしら答えは返ってきただろうが、そもそもひ孫にとっては、老人でない曾祖父を思い描くこと自体が難しかった。彼は老人という孤島に取り残された仙人であり、その島を闊歩する巨人だった。

だからこそどんな役柄でも上手く演じ分けられた。スパイ、政治家、元囚人、といったあくの強い人物から、ただ幼子の守りをしているだけの隠居老人まで、レパートリーは幅広かった。曾祖父がしっかり受け止めてくれるおかげで、ひ孫は自分の思うとおりに演じればよかった。台本も稽古も打ち合わせも必要なかった。落とさないよう切符をズボンのポケットに大事に仕舞い、ホームから手をつないで電車に乗り込みさえすれば、あとはもう自由に何者にでもなれた。

ただ一つ残念なのは、乗車時間があまりにも短すぎ、せっかく練りに練ってストーリーを作り上げても、肝心の結末までたどり着けないことだった。

あっという間の距離の割に、電車は変化に富んだ風景の中を走った。住宅街の間を抜けると雑木林が続き、その中に貯水池やポンプ場や閉鎖された乗馬クラブが見え隠れした。自然観察園もあれば、資材置き場もあった。途中、小さな川を一つ渡った。鉄橋は車体と同じ色に塗られた、積み木のように心もとない代物だったが、それでも二人の旅の絶妙なアクセントになった。橋を渡るほんの一瞬、窓に映る川沿いの緑が道中で一番美しかった。鉄橋に覆いかぶさるほど育った桜並木と、河原に茂る草々の間を、川が光の帯になって流れ、そのすぐ向こうになだらかな山が迫っていた。緑の濃淡と川面のきらめきが折り重なり、欠けるところのない調和を見せていた。そこを過ぎれば、終点は間もなくだった。

終点に着くと、改札を出て、線路脇にある畑でしばらく休憩するのが慣わしになっていた。曾祖父は線路との境になっている石垣に腰を下ろし、ひ孫は畑の片隅の小屋にいるウサギと遊ぶのだった。この間だけ、作戦は一旦休止された。

「あそこ、見て、ひいちゃん」

ホームから最初にウサギを発見したのはひ孫だった。

「何かもぞもぞ動いてるよ、ほら」

ああ、あれのことならよく知っている、という様子で曾祖父はうなずくと、迷いもせず、改札口のすぐ隣にある不動産屋と洋菓子店の間の路地に入り込んだ。その突き当りのわずかな斜面を下りたところが、細長い畑になっていた。真っすぐに畝が整えられ、土は黒々とし、支柱と不織布に守られた野菜たちが幾種類も植わっていた。周囲には金網で柵が巡らしてあったが、構わず曾祖父はひ孫を抱き上げて中へ入れ、自分は破れかけた金網の穴を押し広げてくぐった。

手入れの行き届いた畑に比べ、小屋は粗末だった。お酒の木箱を間に合わせに利用したのか、あちこち隙間が空き、苔や茸が生え、床に敷かれた藁は黒ずんでごわごわしていた。その藁に半分埋もれたウサギが一匹、疑り深そうな目を外に向けていた。

「おお、よしよし」

曾祖父はわざとらしいほどに甘い声を出し、立てつけの悪い出入口をがたつかせながら、ウサギを引っ張り出して胸に抱き寄せた。最初のうちそれは、爪先に藁が引っ掛かったままの脚をピコピコさせていたが、やがて大人しくなった。

「いいの？」

あまりに曾祖父の振る舞いが馴れ馴れしい気がして、ひ孫は少し心配になってきた。

「ああ、いいんだ」

曾祖父は言った。

「仲良しのウサギなんだ」

確かにさっきまで小屋の中で見せていた不安げな表情は消え、両腕の中にすっぽりと気持ちよく収まっていた。

「それに……」

と、曾祖父は言い足した。

「畑の持ち主は、昔からの友だちだから……」

語尾は静かに髭の奥へと吸い込まれていった。

薄い灰色が斑になった、ごく平凡なウサギだった。幅広の両耳が真上にそびえ立ち、後ろ脚はたくましく、濁りのない黒い目をしていた。二人はウサギを畑に放ち、小屋の藁を外に出して日に当て、キャンディーの缶に入ったどろどろした水を新しいのに替えてやった。狭い小屋から出られて清々したように、ウサギは元気よく畑を跳ね回った。さやえんどうの蔓が巻き付く支柱の間や、玉ねぎの埋まっている畝や、新しい苗を植えるばかりに耕された柔らかい土の上に、どんどん足跡をつけていった。時々、伸びをしてお腹を地面に密着させたり、前脚で顔をこすったり、変わった動きをするたび、ひ孫は、

「ほら、ひいちゃん」

と言ってウサギを指差した。曾祖父は、

「うん。そうだ、そうだ」

とうなずいた。ウサギとはつまりそういう生きものなのだ、とでも言いたげな口調だった。

我慢できずにひ孫はウサギを追い掛けた。どんなに素早く飛びついても、後ろからそっと近寄っても、上手く逃げられた。前後左右、自由自在だった。けれど決して捕まるのが嫌なのではなく、できるだけ長く逃げていた方がより楽しいからだ、というのが灰色の丸い背中から伝わってきた。別に話し合ったわけでもないのに、いつしか彼らの間にルールが成立していた。その証拠にウサギはわざとぎりぎりまで敵を引き寄せ、際どいところで身をかわし、後ろを振り返って「ね」という表情を浮かべた。夢中になるあまり、大根やサラダ菜や三つ葉の若芽を踏みつけているのにも気づいていなかった。ひ孫はキャップのひさしに手をやって、その「ね」に応えた。曾祖父は何も言わず、ただ石垣に座って煙草を吸っていたが、ちゃんと入歯を鳴らすのを忘れなかった。

そうやって遊び回っている間も、ウサギはYの字形につながった鼻と口を始終もごもごさせながら、そこかしこに鼻先を突っ込んでいた。

「お腹が減っているんだよ」

ひ孫は言った。

「食べるものを探してるんだ」

Yの字の動きに合わせ、尻尾も休みなく動いていた。

「ああ、そうか……」

曾祖父は煙草を踏み潰して立ち上がると、一通り野菜を見て歩き、人参を一本引き抜いて土をこそげ落とした。ひ孫の親指よりも細い、まだ子どもの人参だった。

「さあ、お食べ」

ひ孫が露に濡れた葉っぱを持って声を掛けるやいなや、ウサギは遊びのルールを無視して近寄ってきた。そうしてYの字の縦棒を開いて器用に人参の先をくわえると、鼻と口の連動したうごめきはいっそうせわしなくなった。

「美味しそうだね、ひいちゃん」

自分が人参嫌いなのも忘れ、うれしくなってひ孫は声を上げた。

本当にウサギは美味しそうな食べ方をした。二人にもらった食べ物を惜しみつつ、感謝の念を捧げるようにゆっくりと食べた。いくらYの字が激しく動こうとも、人参は決して焦らず、少しずつ短くなっていった。わずかに聞こえてくるコリコリという音が、いっそう口元を愛らしくしていた。ちょうどいい角度で人参が口に入るよう、ひ孫は葉先を持つ手を微妙に動かした。時折ウサギは上目遣いで彼を見やり、例の「ね」の合図を送ってきた。

「どんどん食べなさい」

曾祖父は言った。

「そこら中、いくらでも植わっている」

畑のすぐ向こうを、何台か電車が走り過ぎていった。遮断機の音が風に乗って彼らの頭上を舞っていた。

ウサギが満足するのを見届けてから、再び二人はお稽古事に精を出す幼児と隠居老人、あるいは命からがら国を脱出する難民に戻り、帰りの電車に乗り込んだ。

「ウサギはとても考え深くて、素直な生きものだ」

曾祖父は言った。

「お前も見習わなくちゃいけない」

家族は皆、曾祖父の言葉が上手く聞き取れず、きちんと耳を傾けもしないでいい加減に分かった振りをするのが常だったが、ひ孫だけは違った。コツをつかんでいたのだ。声と一緒にモソモソと動く、絡まり合った灰色の髭を凝視する。髭に耳を澄ませる。それだけでよかった。声は全部、鼓膜に届く前に、一旦、髭のクッションの中で一休みするのだから。

「特にウサギの赤ちゃんの可愛らしさと言ったら、もう……気がおかしくなるほどだ」

おやつを食べながら二人はお喋りをした。ウサギを発見して以降、話題はそのことに絞られた。廃線阻止の作戦会議をカムフラージュするには好都合だった。

「赤ちゃん、見たことあるの？」

「当たり前だ」

「どれくらいちっちゃい？」

「えっと……これくらいかなあ……」

曾祖父は食べかけの蒸しパンをお皿に置き、べたべたした両手を寄せてピンポン玉くらいの空洞をこしらえた。

「たったそれっぽっち？」

「でもどれほど小さかろうと、ウサギの象徴、耳は既に完全だ。小鳥の羽根が一枚、抜け落ちる音さえ聞き逃さない。大したものじゃないか」

おやつが蒸しパンの時、曾祖父は普段以上に喋りづらそうにした。メリケン粉にベーキングパウダーを混ぜただけの蒸しパンが、歯茎の裏に張りつくからだった。その声はもつれた髭のいっそうややこしい場所に潜り込んでいった。

「畑のあの子も、赤ちゃんを産めばいいのにね」

ひ孫は言った。

「そうしたらうんと大事にしてあげるよ」

ああ、それがいい、そうしてあげなさい、という表情を浮かべながら、曾祖父は残りの蒸しパンを全部口に入れた。

「でも、一匹だけじゃ、赤ちゃんは産まれないかな……」

ひ孫が口ごもると、曾祖父はすぐさま首を横に振った。

「いいや、心配はいらない」

急いで曾祖父は蒸しパンを飲み込んだ。

「落ち着いて、よおく物事を考える生きものだと言ったろう。相手の気持ちをこれほど真っすぐに受け入れる生きものは他にいない。人間でも太刀打ちできない。ウサギは特別だ」

「うん」

「だからウサギは、優しく心を込めて撫でてやれば、それだけで赤ちゃんができる」

「本当?」

「そうだ」

「どこを撫でればいいの?」

「背中でもお尻でもいい。ただし、耳だけはやめておきなさい。手の脂がくっついて、敵の足音を聞き分ける力が弱まってはいけない」

「分かった」

「では、さてと……」

曾祖父は歯茎の裏を舌先でこすり、髭をくしゃくしゃにいじってから立ち上がった。そろそろ、作戦に出発する時間だった。

ひ孫は石垣が崩れて少し低くなっているところに座っていた。天気のいい日が続き、畑の野菜は元気に育っていた。さやえんどうは実がふくらみ、玉ねぎは土の表面を盛り上げるほど大きくなり、人参は葉が茂って風にそよいでいた。彼はウサギを膝に載せ、両腕で包み、自分が考えられる最上の優しさで撫でた。基準はよく分からないが、赤ちゃんを産んでもらうには、とにかく最上でなくてはならないはずだ、という確信を持って撫でた。

ついさっき人参を一本丸ごと、葉まで食べたばかりのウサギはお腹が一杯で満足したのか、お利口に丸くなっていた。相変わらずせわしないのはYの字だけで、あとは全身ゆったりしているのが掌から伝わってきた。

この毛は、一体、何でできているのだろう。

ひ孫は考えた。かつて触れたことのあるどんな種類のものとも、異なる手触りを持っていた。うっとりするぐらい滑らかでありながら、一本一本の毛にはどこか鋭い気配が潜み、指先が沈んでゆくのかと錯覚するほど奥が深い。一撫でするごとに斑の形が変化し、毛を押し開いた時現れる未熟な皮膚には、薄桃色の中身が透けている。

首元から尻尾に向け、彼はゆっくり掌を滑らせていった。一定のリズムを保ちつつも、時にはお腹や顎の下に寄り道をしたり、後ろ脚の付け根を指圧したり、おでこに渦を描いたり、変化をつけて飽きがこないよう気を配った。ウサギは欠伸をした。吐息とも鳴き声ともつかない音を漏らした。電車が通り過ぎるたび、耳をヒクリとさせた。耳の内側は一段と皮が薄く、血管が複雑な模様を描き、曾祖父の言うとおり、ほんのわずか触れただけでいともたやすく破れてしまいそうだった。

本当は彼が一番撫でてみたいところはそこだった。耳の先端をつまみ、上から下へ、下から上へ、盲腸線を行き来するように、意味あり気に人差し指で撫でてみたかった。けれど曾祖父の警告を思い出して我慢した。

やがてひ孫は背骨一個一個の形、あばら骨のカーブの角度、脚の筋肉と腱の弾力、頭蓋骨の窪みの数、舌の湿り具合、心臓の輪郭等々、ウサギに関わるあらゆる部分を掌で感じ取れるようになった。そのうちのどれが赤ちゃんを産むのに必要なのか、思いを巡らせた。ただし彼に分かるのは、それらすべてが自分よりもずっと温かいということだけだった。

「さあ、赤ちゃんを産むんだよ」

背中に手を当てたまま彼は言った。掌の動きに忠実に、毛は逆立ったり倒れたりした。

「元気で可愛い赤ちゃんを産むんだ」

ウサギは首をよじり、彼を見上げた。すぐそこに黒い目があった。黒い色が充満した二つの粒でしかないのに、目の前のものをひたすら見つめていた。あまりにも一心に見つめすぎ、視線が彼を突き抜け、どこか遠いところに達しているかのようだった。瞳が焦点を結んでいるのは、彼の背後にある、はてしもないはるかな一点だった。

曾祖父はすぐ隣にいた。人参を抜いた時の土がついたままの手で、新しい煙草に火を点けようとしていた。ひ孫が好きなだけウサギを撫でられるよう、いつまでも待っていた。

あっ、そうか。

その時、ひ孫はようやく気づいた。ウサギの毛が何と似ているか。

曾祖父の髭だった。曾祖父の髭に触れたことなどないはずなのに、きっとそうだ、間違いない、とウサギの目を見ながら思った。

どこへ連れて行かれるのか見当もつかず、ひ孫は不安でたまらないが、泣いたり大きな声を出したりすれば、もっとひどい事態になると理解しているので、黙って我慢している。決して相手の脅しに屈しているわけではない。自分の頭でちゃんと考えているのだ。そう言い聞かせて、自らを落ち着かせている。

敵はママを人質に取り、金庫の錠の暗証番号を記号化した紙を、アジトまで届けるよう強要している。指令は曾祖父の左耳に仕掛けられた、補聴器形通信機に刻々と伝えられる。特殊な方法ではめ込まれたそれは、無理矢理外そうとすると、耳たぶごと引きちぎれる仕組みになっている。

右から何台めの自動券売機で切符を買うか。どの種類のコインを入れるか。何両めのどの位置に座るか。いちいち細かく指令が入る。通信機が気になってつい耳に手をやってしまいそうになるのを、曾祖父はどうにかこらえている。耳たぶがちぎれたらどれくらい血が出るのだろう。耳たぶにも血は通っているのだろうか。ひ孫は考える。

向かいに座ってうつらうつらしているおばさん。要注意だ。二人が指令に背いたら、すぐさま取り押さえられるよう、薄目を開けてずっと彼らの様子を窺っている。その証拠に、おばさんには不似合いな、いかにも速く走れそうな運動靴を履いている。

窓の向こうは曇っていて、緑の色がどんよりとして見える。川の水も光っていない。

赤ちゃんはもう産まれただろうか。

不意に作戦とは関係のない考えが浮かび、ひ孫は慌ててそれを振り払う。ママが危険に晒されてもいいのか、と自分を戒める。

ウサギを撫でるようになってから、赤ちゃんが産まれるのが一番の楽しみになっていた。毎回、小屋を開けるたび、藁の中か後ろ脚の間に、ピンポン玉くらいの白い毛のかたまりが隠れていないか、そこから両耳が覗いていないか、目を凝らして探したが、なかなか願いは届かなかった。いつものウサギが一匹、小屋の奥の暗がりにうずくまっているだけだった。

電車の中は蒸し暑い。特に耳に神経を集中させているせいで、曾祖父の耳たぶの裏から首筋にかけ、うっすら汗がにじんでいる。

次の指令は何？

さり気なく、二人は目を見合わす。

聞き間違えしないでね。

曾祖父の耳が最近、特に遠くなっているのが気にかかって仕方ない。

大丈夫だ。任せておきなさい。

曾祖父はおなじみの合図を返してくる。ウサギが人参を齧るよりも小さな音で、入歯がカチリ、と鳴る。


「ちょっと、そこのおじいさん。駄目じゃないですか」

いつものとおり、金網を越えようとした時、突然背後から声を掛けられ、二人はびっくりして振り返った。

「人の畑ですよ、そこは」

制服と制帽姿の駅員さんが、路地の入口から二人に向かって近づいてくるところだった。襟には社章が光り、手には真っ白の手袋をはめていた。

「踏み荒らすだけでも迷惑なのに、勝手に野菜を取っちゃいけませんよ。孫と一緒に泥棒なんて、もってのほかじゃありませんか。畑の持ち主から苦情が来ています」

これ以上、一歩たりとも近寄らせないという勢いで、駅員さんは金網の前に立ちはだかった。

駅員さんはいろいろと間違いを犯している。ひ孫は心の中で、一つ一つ列挙していった。盗んだわけではもちろんない。畑の持ち主は古い友だちだし、自分は孫ではなく、ひ孫だ。踏み荒らしたのはウサギで、自分たちではない。人参を抜いたのはウサギのためで、盗んだわけではもちろんない。

にもかかわらず駅員さんは自らの誤りを省みようともせず、両腕を広げ、染み一つない手袋をまるで武器のように前面に押し出しながら、二人をぐいぐい路地の入口へと追い詰めていった。

「申し訳ありません。すみません。いいえ、決してそんな……」

曾祖父はひ孫の肩を抱き寄せ、背中を丸めてうな垂れた。国境越えにしろスパイ活動にしろ、想定していたアクシデントとは異なる展開に慌てていた。

「本当に……何にも……私どもは……」

曾祖父の声は弱々しく途切れがちで、ほとんど何の意味もなしていなかった。

「ええ、本当に……ただ……ウサギです……ウサギだけが……」

「ウサギ？　一体何のことです」

駅員さんは曾祖父の声を聞き取るだけの粘り強さを、持ち合わせてはいなかった。ただそれらを両手で振り払うばかりだった。曾祖父の口から発せられる大事な言葉たちは全部、髭の中に隠れてしまった。彼らにとって安全で懐かしく、居心地のいい場所は、そこだけだった。
ひ孫は毅然と抗議した。
ウサギはお腹が空いていたんです。キャンディー缶の水だって腐っていました。あのまま放っておいたら死んでしまいます。今まで内緒にしていましたが、僕たちは電車のために役に立つ仕事をしているんです。秘密の作戦です。なのにどうして怒られなくちゃいけないんでしょうか。それに、今はとっても大事な時期なんです。もうすぐ、ウサギに赤ちゃんが産まれます。驚かせないようにして、いつもよりたくさん人参をやって、優しく撫でてやらないと……。もしかしたらもう、産まれているかもしれません。ほら、畑の隅の、あの小屋の中……。

しかし彼の言葉もまた、掌にありありと残るウサギの毛の感触の中へ、吸い込まれてゆくばかりだった。

いつの間にか雨が降りだしていた。二人はホームに立ち、電車が来るのを待っていた。みるみる線路も、その向こう側にある石垣も畑の土も、濡れて色が変わろうとしていた。小屋は一段と黒ずんで見えた。

ホームの片側の端はコンクリートで固められ、行き止まりになり、線路もそこで途切れていた。反対方向に目をやれば、もちろん線路は彼らが帰るべき駅に向かってのびていたが、鉄橋の手前にあるカーブと葉の茂りすぎた木々のせいで、先は見通せなかった。路地に現れた白手袋の駅員さんは業務に戻ったのか、姿が見えなくなっていた。ホームにいるのは彼ら二人きりだった。

電車が近づいていないか、ひ孫は耳を澄ませた。その時ふと、架空の事情がどういうもので、自分は何の役をすればよかったのか、すっぽり記憶が抜け落ちているのに気づいて動揺した。それもこれも、駅員さんの的外れな非難で調子が狂ったせいだと思い、いっそう気分が沈んだ。

彼は曾祖父を見上げた。耳の縁に沿う、肌色の補聴器が目に入り、ようやく人質に取られたママや運動靴を履いたおばさんや指令のことを思い出した。ホームの屋根を叩く雨の音が、少しずつ大きくなっていた。役柄を思い出すのと同時に、心配事もまたよみがえってきた。指令がちゃんと聞き取れればいいんだけれど、とひ孫は案じた。屋根の縁から滴り落ちる雨粒がホームに弾け、二人の足元を濡らした。重なり合う雨の筋が、彼らと畑を隔てていた。小さな実をつけはじめたばかりのピーマンも、玉ねぎを収穫し終えて掘り返された土も、人参の葉も、皆平等に濡れていた。

「見て、ひいちゃん」

初めてウサギを発見した時と同じように、畑に向かってひ孫は指を差した。

「ねえ、いるよ」

指令に気を取られているかもしれない曾祖父のために、普段より大きな声を出した。

「分かる？　一人で小屋を抜け出せたんだね」

曾祖父は黙ってうなずいた。

「僕たちのやり方を見て覚えたんだ。何てお利口なんだろう」

彼の目には、畑の真ん中にいるウサギの姿が映っていた。それは人参の葉の間に、後ろ脚二本で立ち、彼の視線とは微妙にずれた方向をじっと見つめていた。

「僕たちを探してるよ」

雨に打たれても、彼が撫で続けた毛の様子は変わっていなかった。色合いも斑の形も滑らかさもそのままで、もしかしたら濡れていないのではないかと思うほどだった。ただ髭の先からしずくが落ちているだけだった。

ウサギは後ろ脚をお尻の下に隠し、前脚を胸の前でお行儀よく揃え、爪先を折り曲げて何かを念じるような、懇願するような格好をしていた。相変わらずYの字は動き続け、耳はどんな微かな気配にも反応できるよう、薄桃色の粘膜をピンと張っていた。

「赤ちゃんが産まれたのかもしれない」

彼は背伸びをした。お尻の下か、前脚と胸の隙間か、あるいは人参の葉の中にそれらしい姿が見えないか、目を凝らした。

「ねえ、きっとそうだよね。僕たちに赤ちゃんを見せるために、小屋から出てきたんだ」

曾祖父は返事をしなかった。

ウサギは同じ方向に視線を送り続けていた。瞳の黒色が、雨の中にくっきりと浮かび上がっていた。彼がよく知っている、彼を突き抜けてどこまでも遠い場所まで届く、あの黒色だった。

突然、鉄橋の振動とともに踏切の警報機が鳴りだした。緑の間から電車が姿を現そうとしていた。

「もしかしたら……」

と言おうとして、彼は口をつぐんだ。どんなに瞬きをしても、ウサギの視線をたどることができないもどかしさで、胸が苦しかった。警報機の音は容赦なく響き続けていた。

ウサギは僕たちを探しているんじゃない、自分の赤ちゃんを見つめているのだ。

そう気づいた時、ホームに入ってきた電車が、彼らとウサギを隔てた。それが作戦の最後の日になった。

無事、人質から解放されたママが、ウサギの代わりに弟を産んだ。ピンポン玉よりずっと大きく、真っ白でもなく、耳も何の役に立つのか心もとないくらいの、ただの半円でしかなかったが、間違いなく、赤ちゃんは赤ちゃんだった。それからしばらくして、曾祖父が死んだ。お葬式の日、忙しい大人たちに構ってもらえず、弟はベビーベッドに寝かされていた。ぐずって泣きだしそうになると、彼は弟をベッドから抱き上げ、両膝に載せて体を撫でた。体は柔らかすぎて扱いにくく、ウサギほどお利口でもなかった。すぐ手足を動かしたがり、おっぱいを探して口をパクパクさせた。皆、さすがお兄ちゃんだ、あやし方が上手い、と言って彼を誉めた。ウサギにしてやったのと同じようにしているだけだ、ということを知っている曾祖父は、もういなかった。

弟を撫でているうち、この赤ちゃんを産んだのは曾祖父ではないか、との思いにとらわれ、彼は自分でもわけが分からず奇妙な気分に陥った。これがつまり、悲しいという気持なのだろうか、と自分に問いかけた。

お別れの時、彼は棺に横たわる曾祖父の髭を撫でた。そこに触れるのは、曾祖父の声を聞くのと同じだった。二人の秘密は全部そこに仕舞われていた。

口笛の上手な白雪姫

小母さんは公衆浴場の一部分だった。浴槽や蛇口や石鹸受けやスタンド式ヘアドライヤーといった必需品と、同様の存在とみなされていた。

お客さんも経営者も、出入り業者も衛生検査にやって来る役人も皆、小母さんが視界に入っても、ただそこにいるのだな、と思うだけで特別な反応は示さなかった。しかし無視するのとは違っていた。あえて口にしないだけで、誰もが彼女の役割を認めているのは間違いなかった。ある特定の客からは、なくてはならない人として頼りにされ、感謝され、場合によっては敬意さえ表されていた。

普段はほとんど誰も立ち入らない、雑草が伸び放題になった浴場の裏庭の小屋に、小母さんは一人で住んでいた。親戚でもなく、従業員でもない彼女がどういういきさつからそこに住み着くようになったのか、きちんと理由を説明できる大人はいなかった。昔、大雪の日にボイラー室に置き去りにされた捨て子だとか、浴槽の排水口に髪の毛を吸い込まれ、溺死しそうになった賠償として小屋をもらったのだとか、いろいろな噂はあったがどれも決定打に欠けていた。皆の記憶は細切れで頼りなく、どうつなぎ合わせてもぼんやりしたままだった。結局はいつも思い出すのが面倒になり、何となく気がついた時には既に……という結論になるのだった。

近所に住む女の子なら誰もが、小母さんの小屋に憧れを抱いた。それは白雪姫が小人たちと一緒に暮らした家はきっとこんなふうだろう、と思わせるそのままの姿をしていた。板張りの外壁、アーチの扉、赤レンガの煙突、鎧戸付きの窓、三角の屋根。何もかもがそろっていた。小人に合わせたように作りは小振りで、あちこちいい具合に古びていた。女の子たちは各々、裏庭へ至る独自のルートを開拓し、お風呂から上がると大人たちの目を盗んでこっそり小屋を見物しに行った。頭をかがめなければ通り抜けられそうもない木製扉を目にするたび、毒リンゴを持った継母になったつもりで、錆びたノッカーをコンコンしてみたくてたまらない気持になった。

けれど小母さんは少しも白雪姫には似ていなかった。無造作に伸ばした髪は浴場の湿気のためにもわもわと広がっておさまりがつかず、化粧気はなく、虚弱児のように痩せていた。奥目で、顎が尖り、口元には深い皺が目立った。ユニフォームのつもりなのか、いつも胸の前で身頃を合わせて紐で縛る、ガウンとも寝間着ともつかないタオル地の服を羽織っていた。

それ以外の装いは誰も見たことがなかった。ユニフォームは肘とお尻が擦り切れ、さまざまな何かを吸い取って、元々の白とはかけ離れた微妙な色合いに変化していた。

ただ一つ、白雪姫に似ているところがあるとするなら、それは小母さんが色白だということだった。皺が多いわりに顔には染みも黒子も見当たらず、何かの拍子にゆるんだ合わせ目からのぞく太ももは、はっとするほど白かった。吸い込まれるような透き通った白さではなく、浴場の湯気が浸透し、層になった隙間で、長い時間をかけ精製された鉱物のような白さだった。

公衆浴場が営業している間は必ず、朝から晩まで、小母さんはずっと女湯の脱衣場にいた。せっかく女の子たちの憧れの的に住んでいるのに、小屋に戻るのは寝る時だけだった。太陽に当たる間もなく、湯気の中にばかり身を置いているせいで、皮膚はふやけ、体の輪郭は水蒸気の揺らめきの中にかすんでいた。もはや小母さんを公衆浴場から切り離すのは不可能だったし、そんなことを考える者は一人としていなかった。

小母さんの定位置は、脱衣用ロッカーが並ぶ壁面の角に、三つだけ置かれた木製のベビーベッドの脇だった。マッサージチェアに座って寛いだり、冷蔵庫から取り出した飲み物を手に扇風機の前で涼む客たちからは、ちょうど死角になる片隅だった。

そこに、赤ん坊を連れた客がやって来る。生まれてまだ半年にもならない、ようやく寝返りが打てるようになったくらいの乳飲み子だ。母親はベビーベッドに赤ん坊を寝かせ、服を脱がせ、自分も裸になって一緒に浴場へ入ってゆく。まず赤ん坊の体を洗う。髪も耳の穴も股もきれいにしたあと、引き戸の前で待っている小母さんに我が子を預ける。ここからがいよいよ小母さんの仕事だ。母親がゆっくり一人で入浴できるよう、赤ん坊の世話をするのだ。

正確に言えば、仕事とは違うのかもしれなかった。追加料金は不要なうえに、経営者が発案して始めたサービスでもなく、小母さんが小屋に住み着いたと同時に、ただ何となくそういう成り行きになった、ということなのだった。しかし小母さんのこの働きはすぐさま評判となり、幼い子どもを連れた女性に重宝がられ、噂を耳にしてわざわざ遠い町からやって来る客も現れた。以前は母親が体や髪を洗う間は、両膝の間に赤ん坊を挟んで危ういバランスを取ったり、洗い場に寝転がしておいたり、とにかく自分のことは何でも大慌てで、のんびり湯船に浸かる暇もなかったのに、たった一人、そこに小母さんが現れただけで、あらゆる問題が丸く収まった。どうしてもっと早く、この便利な仕組みに気づかなかったのかと、皆が不思議に思うほどだった。やがて同じサービスを真似する浴場も出てきたが、小母さんのオリジナルなやり方にはかなわなかった。ほんの十分かそこら赤ん坊を預かるだけの単純な話にもかかわらず、小母さんの働きは特別で、奥が深かった。母親たちはそのあたりの違いを敏感に感じ取り、いくらか遠い道のりになっても、やはり小母さんのいる公衆浴場を目指した。

小母さんはこれ見よがしに自分のサービスをアピールなどしなかった。ロッカーとベビーベッドの隙間で、子ども用のビニール椅子に腰掛け、目を伏せ、背中を丸めてできるだけ目立たないように努めていた。自分を必要とする客がやって来るとすぐさま察知し、控えめな視線だけで、もしよろしければどうぞご遠慮なく、という合図を送った。小母さんと客たちとの間には独特のつながりが生じた。それはサービスを必要としない客にとっては全く無関係で、何ら煩わされることのないものだった。ただ小母さんを求める人々との間にのみ行き交う、秘密のやり取りだった。

当然ながら赤ん坊は一人一人月齢も性質も異なり、それに合わせて母親たちの要求も込み入っていた。人見知り、疳の虫、未熟児、喘息持ち、耳だれの掃除、湿疹の薬、水分補給の白湯、果汁、屈伸運動、マッサージ……。小母さんは各々の事情を理解し、頭の中の引き出しに整理した。二回め以降は例えば薬の瓶を手渡されれば、くどくど説明などしてもらわなくても、それをどこに、どれくらいの量塗るのか、ガーゼを使うのか掌で直接なのか、正しく判断して対応することができた。ファイルも名簿も必要なかった。一度抱っこするだけで十分だった。

もしかすると初めての客は、多少の不安を感じるかもしれなかった。小母さんが不愛想なうえに、とても華奢で非力に見えるからだ。そろそろ歩きだすのも近い十キロを超えるような赤ん坊の場合、特にその傾向があった。けれどバスタオルを広げ、引き戸の前で待ち構える小母さんに我が子を預けた瞬間、不安は消え去った。骨ばったその両腕がどれほど力強く赤ん坊を受け止めるか、母親たちには本能的に分かった。赤ん坊の柔らかすぎる体は骨の窪みにぴったりと収まり、どこにも無理がなかった。そこには小母さんと赤ん坊、二人の新たな輪郭が描かれていた。

たとえ赤ん坊を前にしても、小母さんはわざとらしい笑顔を見せたり、大げさな声を出したりはせず、普段の不愛想を貫いた。にもかかわらず、石鹸が目に入ったり、眠くてたまらなかったりして泣いている彼らを、たいていは落ち着かせることができた。小母さんの武器は口笛だった。しかもそれは他の誰も真似できない最強の武器だった。

その音量はごく小さかった。にぎやかな音が天井に響く浴場で、口笛を聞き取っている大人はおそらく一人もいないだろうと思われた。ただ小母さんが唇をすぼめているのを見て、口笛を吹いているのかもしれないと推察するに過ぎなかった。小母さんの口笛を聴けるのは、ついこの前生まれたばかりの、まだはかない鼓膜しか持っていない赤ん坊だけだった。

音色はか細く、震えがちでありながら、同時に粘り強くもあった。何かのメロディーを奏でているわけではなく、リズムも一つ一つの音も、もっと自由自在だった。有名な曲をいくつかつなぎ合わせているのかもしれなかったが、大人たちの耳には届かないのだし、赤ん坊にとっては曲名などどうでもいい問題だった。ゆったりうねったかと思うと、いつの間にか小刻みなスキップに移り変わり、息と区別がつかない細い一音が長く引き伸ばされたかと思うと、再び軽やかな響きが戻ってきた。陽気な音階もあれば、しっとりとしたのもあった。限界まで達する高音もあれば、重低音もあった。一人の人間の唇から発せられているとは思えないくらいに、多彩な口笛だった。

一人の母親が赤ん坊を抱いて小母さんに近づいてくる。もちろん二人は裸で、全身濡れている。ガラスの引き戸のこちら側から、何度そうした母子の姿を目にしても、その都度小母さんは息をのむような思いに捕らわれる。彼らがあまりに無防備だからだろうか。それともそこに現れる完全な調和に、圧倒されるからだろうか。なのに母親は自分たちが生み出しているものについてなど気づいてさえいない。

「小母さん、お願い」

そう言って何のこだわりもなく、我が子を差し出す。

「首元のあせものところ、天花粉をたっぷりはたいてね」

小母さんは黙ってうなずく。

「あっ、それから魔法瓶の白湯を五十cc。忘れないで」

母親はまだ若く、数か月前まで赤ん坊が入っていたはずの腹の皮はたるみもせず張りがあり、乳房は青黒い血管が浮き出るほどに母乳が漲っている。

小母さんはもう母親のことなど見ていない。視線は赤ん坊に注がれている。男の子だ。ぷっくりと肥え、黒目ばかりの瞳をきょろきょろさせ、まばらな髪の毛が好き勝手に頭に張りついている。赤ん坊の特徴を全部備えた素直な子だ。

ついさっき目の前にあった完全な調和の半分が、今、自分の腕の中にある。その事実を信じられない思いでかみしめる。おののいているのか興奮しているのか自分でもよく分からず、とにかく動揺を隠すように手早く赤ん坊をバスタオルでくるみ、ベビーベッドに横たえる。ベッドには肌着とおしめが、その上に体を置けばすぐに着替えられるよう、あらかじめ準備してある。

赤ん坊は機嫌がいい。全身淡いピンク色に染まり、つやつや光って見える。手首や肘や膝の関節には、そっと押し広げてみないではいられない気持にさせる、二重三重の柔らかい輪つかができ、手足はまるで世界の大きさを測るように、始終伸び縮みしている。腕を肌着の袖に通し、合わせ目の紐を結びながら、小母さんは口笛を吹く。ユニフォームは汗で湿り、腰紐が解けかけているが、構いもしない。赤ん坊は目を見開き、いっそう元気よく手足を動かして、世界の枠を押し広げてゆく。時折、声にならない声を上げ、口笛に呼応しようとする。母親の姿は、水滴だらけの曇ったガラスと湯気に邪魔され、かすんで見えない。

公衆浴場にはつきものの、壁にペンキで描かれた絵がもちろんそこにもあった。どことも知れない森の風景だった。しかしそれは、ありきたりなモチーフに素朴な筆遣いで満足している近隣の公衆浴場とは、比べものにならない完成度の高さで、少しぼんやりした年寄りの中には、外の景色が窓ガラスに映っているのかと誤解する者もいるほどだった。生い茂る木々は空を覆い、地面は下草に覆われ、苔むした岩が転がっていた。道らしい道はなく、わずかな木漏れ日が差すだけで、太陽の姿は遠かった。それでもところどころに可愛らしい花が咲き、木の実がなり、盛り上がった根の窪みには蛍光色の茸が生え、色彩は豊かだった。重なり合う葉の間からは、鹿や小鳥や猿や蜥蜴《とかげ》の姿も見え隠れしていた。小鳥は枝の上で求愛ダンスを踊り、鹿は白い尾を見せながら、真っすぐこちらに視線を送っていた。暗がりに潜み、二つの瞳だけを光らせている、何かもいた。

案の定、誰がこれを描いたのかは不明だった。しかし小母さんのケースで慣れているので、誰もその問題に深入りしようとはしなかった。長い年月が経っているはずなのに、多少タイルの角が欠けているくらいで、壁画はほとんど劣化していなかった。それどころか逆に、日々水蒸気を吸い込んで色は鮮やかさを増しているようだった。葉はいっそう濃く茂り、苔は密度を増し、動物たちの毛はしなやかになっていた。以前に比べて茸の笠が大きくなっている、鳥の巣の卵が孵《かえ》っている、と言う人も稀にいたが、多くの客たちはただ、緑が多くて気分のいい浴場だと思うだけで、わざわざ湯気の中に目を凝らしてしみじみと壁画を眺めたりはしなかった。

ただし例外がいた。小母さんだった。営業が休みの日、小母さんは湯が抜かれて空になった浴槽の中に立ち、壁画に向かって口笛の練習をするのだった。

水蒸気が消え、水滴がきれいに拭われたあとでも、森のみずみずしさはそのままに保たれていた。脱衣籠は全部伏せて積み上げられ、風を通すための天窓が開き、そこから差し込む光のおかげで引き戸のガラスがきらめいていた。誰もいない浴場は普段より広々としていた。小母さんの装いは相変わらずのユニフォームだった。前の晩の汗と湿気がまだ乾ききっておらず、首元は気持ち悪くじっとりと肌にまとわりついていた。

まずは舌を出し入れし、唇をもみほぐしてから体勢を整える。浴槽の中央に素足で踏ん張り、前方の壁画を見据え、爪先で拍子を取りつつ最初の一音を発する。

静かな浴場では、それは何ものにも邪魔されずに天井に反響し、いっそう細やかな表情を見せた。休みなく小母さんは口笛を吹き続けた。口元には、唇をすぼめ、息を吹き出す形を作るのに必要な何本もの皺が刻まれていた。唇の周りに独自の模様を描くその皺の深さを見れば、小母さんがどれくらい一生懸命口笛を吹き続けてきたか、明らかだった。動き回っているわけでもないのに、少しずつ身頃の合わせ目がゆるみ、ほとんど膨らみのない胸がのぞきかけていた。そこもやはり、鉱物のように白かった。

天井で弾けた口笛は森に吸い込まれていった。小枝を揺らし、木の実を転がし、大木の洞でこだまになって鹿の耳をピクリとさせた。小鳥が羽ばたき、花粉が舞い、蜥蜴が落ち葉の下に潜り込んでいった。口笛を吹いている間は、壁画の隅々どこにでもすぐに焦点が合わせられることを、小母さんは知っていた。瞬きをこらえていれば、小鳥たちが幹に嘴《くちばし》でつけた傷跡から、葉の裏に産み付けられた昆虫の卵の模様まで見通せた。森の奥のずっと向こうに、実は滝が隠れていることにも、以前からちゃんと気づいていた。岩間を縫って落ちる、細い滝だった。にもかかわらず落ちてゆく先の滝壺は、どれくらい深いのか見当もつかないほどの勢いで飛沫を上げ、渦を巻いていた。間違いなく小母さんこそが、最も詳細に壁画を把握している人物だった。

少しずつ口笛は調子を上げていった。爪先の動きは小刻みになり、ユニフォームはいよいよ乳首が露わになりそうなところまで乱れていた。口笛は木陰をすり抜け、風に乗って森の奥へ奥へと響いていった。すぼめた唇に息を吹き込みながら、小母さんは両腕に残る赤ん坊の感触をよみがえらせていた。たとえ姿は見えなくても、何百人の裸の赤ん坊を抱き続けてきたその感触は、消えるはずもなかった。まず何よりそれは温かい一つのかたまりで、何の落ち度もなく、無敵だった。と同時に誰かの腕がなければ呆気なく落下してしまうほどか弱かった。小母さんは両腕に力を込めた。赤ん坊はすぐ口笛に気づいた。それが自分のためだけのものだと最初から知っていた。黒目で音を追いかけ、思慮を巡らせるような、ないはずの記憶を懐かしむような表情を浮かべて小母さんを見つめた。

やがて口笛は滝の音と重なり合い、滝壺の渦とともに弧を描き、飛沫となって更に遠くへと響いていった。裸の赤ん坊を探すようにいつまでも、口笛は浴場に鳴り続けた。

「何飲んでるの？」

男の子が一人、小母さんと赤ん坊をのぞき込んでいた。

「蜜柑の汁」

小母さんは答えた。

「へえ」

男の子はベビーベッドの脇の隙間に更に一歩踏み込み、首をのばして哺乳瓶と赤ん坊の口元と小母さんの顔を順番に眺めた。漫画のキャラクターがついたパジャマを着て、毛糸の腹巻をしていた。体はほかほかとし、髪はまだ濡れていた。小母さんのサービスはもう必要ないくらいの年頃だった。

「美味しそうだね」

「美味しいわけない」

すぐさま小母さんは否定した。

「お湯で何倍にも薄めてるんだから、味なんてないね」

「どうして？」

「小さい赤ん坊だよ。お乳以外のものは、ちょっとずつやらなくちゃ」

「お腹を壊すの？」

「そのとおり。赤ん坊には、用心が大事」

男の子は小母さんの様子を窺いながら赤ん坊の足の裏をちょっとくすぐり、すぐに手を引っ込めた。

「でも元気よく、ごくごく飲んでる」

うれしそうに男の子は言った。赤ん坊は小母さんに抱かれ、哺乳瓶の底を自らつかみ、喉を鳴らす勢いで蜜柑の汁を飲んでいた。

「……えっと……お母さん？」

「おばあさん？」

遠慮気味に男の子は言った。小母さんが首を横に振ると、しばらく考えてから今度は、と尋ね直した。子どもながらに小母さんと赤ん坊の関係を不思議に思っているようだった。

「いいや。ただの小母さん」

「ふうん」

「赤ん坊のお母さんは今、お風呂」

「代わりに汁を飲ませてるの？」

「そう。あんたみたいなお兄さんなら、一人で体も拭けるし、パジャマだって着られる。もう少ししたら男湯に入るようになる。でも赤ん坊は無理だ」

男の子はうなずいた。

「大事にしてやらなくちゃ、赤ん坊は。いくら用心したって、しすぎることはない」

ちょうど赤ん坊が果汁を飲み干した。飲み足りないのか哺乳瓶をつかんだまま離そうとせず、脚を伸び縮みさせて小母さんの腹を蹴った。小母さんはよだれかけを外し、口元をガーぜで拭うと、縦抱きにして背中をとんとんした。

「用心して、やってるんだね」

小母さんの手つきをいちいち観察しながら、男の子は言った。

「そう」

「大事に、大事に」

「そう。あんたが赤ん坊の時にもやったよ」

「えっ？」

男の子は驚きの声を上げた。

「湿疹に椿油を塗って、肌着を着せて、おしめを当てた」

「本当？」

「本当だとも」

喜びの表情がぱっと男の子の顔に浮かんだ。自分もかつて、汁を飲むこの子と同じく、用心してもらえる赤ん坊だった、という事実を今初めて発見し、心から安堵したかのような表情だった。黒目と、すべすべの頰には、赤ん坊だった頃の証拠がまだ十分に残っていた。

その時、男の子を呼ぶ母親の声がした。男の子は隙間から飛び出し、振り返りもせずに脱衣場を駆けていった。

赤ん坊がげっぷをした。小母さんは赤ん坊をベッドに横たえ、空になった哺乳瓶をロッカーにしまった。そうして口笛を吹きながら、あるかないか分からないくらいの髪を櫛で撫でつけた。

夏休みのある日、中学生の姉と一緒に市民プールで泳いでいた六つの女の子が行方不明になった。夕方、遊び疲れてプールから上がり、更衣室へ向かう途中、偶然出会った同級生と姉がお喋りをしている間に、姿が見えなくなったらしい。すぐに監視員がプールを探し、親や学校の先生が駆けつけてあちこちを捜索したが見つからず、警察までが動き出す騒ぎになった。

そのニュースは公衆浴場にも伝わった。スタンド式ヘアドライヤーのカバーに頭を突っ込みながら、ソファでラムネを飲みながら、客たちは口々に子どもが行方不明になる原因について お喋りした。過去に子どもに間違った行為を及ぼした怪しい男の噂話をしたり、海外のどこかの国で実際に起きた誘拐事件の解説をしたり、あるいは各地に伝わる神隠しの説話を披露し合ったりした。彼女たちの声は反響し、ドライヤーや扇風機の音に紛れてベビーベッドの隙間にまでは届いてこなかった。普段どおり小母さんは赤ん坊の面倒を見ていた。

夜になっても女の子の行方は分からないままだった。目撃した人もいなければ、手掛かりになるような品も発見されなかった。とうとう町内総出で協力することになり、公衆浴場も早めに営業を打ち切って捜索に参加した。

ようやく女の子が見つかったのは、夜中近くになってからだった。見つけたのは小母さんだった。

「小屋にいました」

皆に迷惑をかけたのは自分のせいです、とでも言いたげなおどおどした目つきで、小母さんは裏庭を指さした。思いがけず定位置の隙間から引っ張り出され、どう振る舞っていいのか混乱しているようだった。小母さんに手をつながれた女の子の方がよほど潑剌としていた。

「丸テーブルの下で、こんなふうに丸くなって……」

小母さんは実際に自分の背中を丸くしてみせたが、女の子の無事に興奮する人々は誰も、そんな恰好になど注意を払っていなかった。

「森に行ってた」

一人ぼっちだった心細さなど感じさせない声で、女の子は言った。

「森って、どこの？」

「裏庭のことか？」

「雑草が伸び放題になってるから、森と言えなくもない」

「子どもにとっては森と同じだ」

「こんな小さな子が、そう遠くに行けるはずがない」

「確かに」

人々が頭に浮かぶことを好き勝手に喋っている間、女の子は水着の入ったビニールバッグをぶらぶらさせ、その場で小さく飛び跳ね、小母さんを見上げて微笑んだ。プールから上がって何時間も経っているはずなのに、女の子のおかっぱ頭はまだ濡れていた。

「鹿のお尻にくっついて、お水が勢いよく落ちているところまで歩いたよ。途中、猿が追いかけてきて悪戯したけど、へっちゃらだった。鹿が白い尻尾を浸けると、お水がぐるぐる渦巻きになった。猿がジャンプしようとして、岩のぬるぬるに足が滑って落っこちた。水滴が飛んできて、とっても気持ちよかった……」

一息に女の子は喋った。森の冷気が残っているかのように、吐く息は清々しかった。

人々はもはや、滝や動物たちについて詮索はしなかった。結局、以前こっそり小屋に忍び込み、二人で白雪姫ごっこをしたことがある、という姉の証言から、今回は女の子のちょっとした冒険心が招いた事態であり、思いがけず小屋で長い昼寝をして白雪姫の夢を見たに違いない、との結論に達した。

やがて女の子は無事母親と再会し、家路についた。別れ際、小母さんは女の子に顔を寄せ、

「滝に近づくのはおやめなさい。滝壺に落ちて帰ってこられなくなった子が、たくさんいる」と耳打ちし、濡れた髪を撫でた。女の子は素直にうなずいた。

行方不明騒ぎでリズムがすっかり狂ったからか、それとも握った女の子の手の感触がいつまでも消えないせいか、その夜、小母さんはなかなか寝付けなかった。浴場に集まっていた人々はとうに去り、ただ虫の鳴き声が聞こえるばかりで、あれほどの騒ぎの名残は既にどこにもなかった。部屋の真ん中には、女の子が丸くなって隠れていた丸テーブルが、ぽつんとあった。飲み残したお茶のカップが一つ、上に載っていた。

鎧戸を閉め忘れた窓には、月明かりが映っていた。その明かりを頼るようにして、ベッドに横たわったまま、小母さんは暗闇の中に自分の手をかざした。白くふやけて皺だらけの手だった。母親が現れた途端、女の子は小母さんの手を振りほどき、駆け出していった。確かに自分の掌にあったはずの、小さな五本の指は、はっと気づいた次の瞬間にはもう消え失せていた。

しかし小母さんは嘆いたりなどしなかった。何百人の小さな子を抱き取ろうとも、やはり自分は仮の居場所に過ぎないのだと、ちゃんと分をわきまえていた。小母さんは指を握ったり開いたりした。女の子の温もりと髪の湿り気が、まだ皺の間に残っていた。月はいよいよ明るさを増し、小屋の床に一筋の帯となって差し込んでいた。星もたくさん出ているようだった。

眠りは訪れそうになかったが、小母さんは無理やり目をつぶった。浴槽から上がったばかりの、湯気の立つ赤ん坊の背中を瞼の裏に浮かび上がらせた。腰の真ん中にえくぼのような窪みのある、蒙古斑の残るお尻を堂々とさらした背中だった。

ガラスの引き戸で区切られた、浴場と脱衣場の境目で赤ん坊を受け取る時、小母さんの胸はいつも高鳴った。初めての子でもお馴染みの子でも関係なく、その全身が丸ごと託される瞬間は特別だった。これから起こるのは間違いなく善いことなのだ、という予感に満たされた。自分を抱いている腕が母親とは違う誰かに入れ替わったと気づかないまま、無邪気にしている赤ん坊も可愛いが、少し知恵のつきはじめた子が、「あれっ」という表情を見せるのもまた好ましかった。たとえおかしいと思ってもどうすることもできず、小母さんの両腕に身を任せるしかない彼らの、素直すぎる無力さがいとおしかった。ガラス戸一枚の境目さえ、彼らは一人では超えられなかった。庇護する腕がなければ、ただそこに転がっているだけだった。にもかかわらず、欠けたものは何一つとしてない、十全な生命なのだった。

小母さんは赤ん坊を抱く。赤ん坊に関わるすべてのことを、用心してやる。赤ん坊ははだけたユニフォームの胸元に頬を当て、両脚をすぼめ、背中を丸めている。行方不明になった女の子のように。指をしゃぶっている子もいれば、うつらうつらしはじめる子もいる。時にぐずる子もいるが、口笛を吹けばやがて静まる。体は温まり、果汁でお腹は満足し、天花粉であせもの痒みは収まって、心配事は何一つない。すべてを満たされた者が、小母さんの両腕を満たしている。

このまま母親が戻ってこなければいいのに。口笛の合間に小母さんは、誰にも気づかれないよう、密かにそう願う。母と子ども。神様の定めた一対一の組み合わせが、何かの手違いで混乱し、母親は曇ったガラスの向こうへ消え、赤ん坊が一人、小母さんのもとに取り残される。

小母さんは慌てて頭を横に振り、自分の願いを否定し、罰が当たらないように神様に謝る。緩やかに月の光の帯は色を変え、角度を変え、夜は深まってゆく。眠れないまま小母さんは口笛を吹く。滝壺に落ちて帰ってこられなくなった、もしかしたら自分が生むはずだったかもしれない子どもたちを慰めるため、口笛を森に響かせる。風のせいか、ただの空耳か、扉がコツンと音を立てる。毒リンゴを忍ばせた継母だ。ベッドの中で小母さんは身を固くし、様子を窺う。口笛が途切れる。ノックの音が消え、静けさが戻ってくるのを待ってから、小母さんは再び口笛を吹きはじめる。

女の子を一人、滝壺から救い出したのですから、どうか神様、許して下さい。罰を与えないで下さい。夜が明けるまで、小母さんは祈り続ける。

森のある公衆浴場の一部分として、今も小母さんは脱衣場の定位置にいる。ひっきりなしに赤ん坊を連れた母親はやって来る。小母さんの知らないところで次々と赤ん坊は生まれ、途切れるということがない。いつでも必ず誰かが引き戸の境目で立ち往生している。

いつしかユニフォームは朽ち、腰紐は消え失せ、半裸も同然になるが、皆が裸になる場所だから気に留める人はいない。あまりにも長い時間、ベビーベッドの脇に座っているせいで、体はその隙間に合わせて貧弱に変形し、薄っぺらになり、元々水蒸気を含んであやふやだった輪郭はいっそうおぼろげになってゆく。いつしか赤ん坊の黒目では、腕以外の部分は見えなくなり、小母さんがそこにいる証拠はただ、口笛ばかりとなる。ああ、これでお客さんの目障りになる心配はない、と小母さんは安堵する。

湯気が立ち上り、裸の人々で混み合う脱衣場を小母さんは音もなくすり抜け、赤ん坊のために両腕を差し出し、口笛を吹く。もしかしたら扉をノックしているのは継母ではなく王子様かもしれないのに、そんなことはあるはずがない、と決めつけて、ただひたすら赤ん坊のためだけに我が身を捧げている。

解　説

石上智康

　表題作「口笛の上手な白雪姫」は、公衆浴場で母親がゆっくり入浴できるよう赤ん坊の世話をする小母さんが主人公の短編です。その両腕に身を任せるしかない無力ないのちは、浴場と脱衣場とをわけるガラス戸一枚の境目さえ一人では超えられません。彼女の庇護する腕がなければ、ただそこに転がっているだけの存在にもかかわらず、小川さんは、そのような赤ん坊を

「欠けたものは何一つとしてない、十全な生命なのだった」

とハッキリ書いておられる。

　十全とは、国語辞典によれば「少しも欠けた所がなく、すべて完全なこと」とあります。

ただそこに転がっているしかない生命が、どうして欠けたところのないすべて完全な存在といえるのか。という疑問が生まれてもおかしくないわけで、赤ん坊が「十全な生命なのだった」という記述が強く印象に残りました。しかし、わたし流に解釈し「いい」と思ったのです。なぜか……？

その理由については、少し長くなりますが説明する必要があります。仏教のものの観方、とらえ方の根本にかかわる問題だからです。

正確には仏教ではありません。ブッダダルマ、仏法です。ブッディズムというと、仏法は一つの主義主張になってしまいます。

約2500年間、仏法の真理観として、この世の実相、真実は、無常・無我・縁起・空《くう》・自然《じねん》などという言葉で解き明かされています。

ダンマパダという経典には、「無常」ということを、すべての現象は変化している事実を正しく観じることができれば、苦しみから解放されると書いてあります。無常であることそれ自身は、嬉しいとも悲しいとも何もいっていない。対象化し、なにごとも静止的にとらえてしまう人間の認識作用で、いいとか悪いとかいっているのです。あるのは変化そのもの、ただそれだけ。変化している事実に逆らったり執《とら》われていては、真実は観えないということでしょう。

「無我」とは、私がない、ということではありません。固定した変化しない実体としての私などという存在はない、という意味です。

覚《さと》れていない人は、お医者様から怖いことを宣告されると、たぶんストレスがアップする筈《はず》です。不安になったり思い悩むことになります。すべての事象は変化しているという現実が、私の思いと対立し、我利我欲が打ちくだかれるため、苦となるのです。苦しみや悲しみには、この世の真実に逆らう執着心が隠されているわけです。

無我説は、この執着心を克服し「我がもの」という執われから解放され、正しいあり方の自己を実現しようとする考え方です。そして忘れてはならないことは、無常も無我も、縁起観との関連で理解される思想だと研究者が注意していることです。

朝、お茶をいれた時、茶柱が立つと「あら、縁起がいいわ。今日は、いいことがありそォ……」などと声を弾ませます。縁起は、もっぱら吉凶の前兆を語る言葉として一般化していますが、あきらかな誤用です。

インド学・仏教学の世界的権威で文化勲章を受けられた中村元博士によれば、「縁起」とは、因縁生・因縁法ともいい、他との関係が縁となって生起すること、縁《よ》って起こることの意味です。すべての現象は、無数の原因〈因〉や条件〈縁〉が相互に関係しあって成立しており、それ自体で存在しているものではないという真理観です。私も、あなたも、コトやモノ、多くの人とのつながりの中で生きているという真実をあらわしています。

「降りだして　田植えいよいよ　にぎやかに」（長山秋生）

天と地と水と、そのつながりの中で人も生きているのです。米や野菜、肉や魚に恵まれ食事がととのい、無事、食べられる。水も喉を通ってくださる。そのお陰で今このように生きている、いのち在らしめられているのです。自分の努力や才能、お金の力だけで生きているのではありません。

人はみな、縁起している事実の中で生かされて、縁起しているいのちを生きているのです。

コト・モノすべては、原因やさまざまな条件が互いに関係しあい縁って生じています。縁起していますから、縁起している事実のほかに、固定したかたちは何もありません。すべての現象は、固定した実体がないという意味で「空」といわれる。従って空は、固定した実体のないことを因果関係の側面からとらえた縁起と同じことを意味しています。空とは、縁起しているということです。

「色即是空」の語句でよく知られている『般若心経』には、次のような教示があります。

「是諸法空相　不生不滅　不垢不浄　不増不減」

この部分の趣旨は、次のように理解されています。

「この諸法、いろいろのものは、空を特質としています。すなわち現象世界においては、いろいろな力が加わって、生じたり滅びたりしているのですが、高い境地からみると、ただ偉大なる一つのことわりがあるだけで、生じても滅してもいません。ただ偉大なる真実が、そこにあるだけです。」（中村元『現代語訳 大乗仏典1 般若経典』東京書籍）

天文学者の予見によれば、今から約50億年すると、ヘリウムが太陽の中心部分に大量にたまり、それと同時に太陽は膨れ始めその半径が大きくなり、地球も、のみ込まれてしまうということです。

この宇宙、生きとし生けるもの、森羅万象は、みな等しく無常・無我・縁起・空なる世界です。空とは縁起しているということでした。すべての現象は縁起していますから、本来、空なのです。空なる真実に、摂《おさ》め取られて捨てられずです。ただ真実があるだけの世界に、欠けたもの捨てるものなど、何一つない道理です。

小川さんが、小母さんの庇護する腕がなければ、ただそこに転がっているだけの無力な赤ん坊を、このような存在に関する仏法理解の中でとらえ

「欠けたものは何一つとしてない、十全な生命なのだった」

と書かれたのかどうかは知るよしもありません。しかし、わたし的には、この表現が仏法

の真理観の理解の中にあるように受けとめられ、自分自身の「無常体験」に照らしても、そう読めたということです（「無常体験」については、拙著『生きて死ぬ力』（中央公論新社）を参照されたい）。

そしてもう一つ、作品の中で特に印象に残ったのは、ものの観方やとらえ方だけではありません。小母さんの、つまり小川さんの生き方や感性が仏道を反映しているのではないか、この世の真実に導かれ育まれているかのように感じられたことです。原文に沿っていえば、たとえばそれは、次のような箇所です。

母親がゆっくり入浴できるように誰も真似できないくらい特別で奥が深いやり方で赤ん坊の世話をする小母さん。しかし彼女は「これ見よがしに自分のサービスをアピールなどしなかった。」むしろ目立たないように「努めていた。」自分の身なりについても「構いもしない」、「ただの小母さん」に過ぎないと自認している。仕事にはとても熱心で「大事にしてやらなくちゃ、赤ん坊は。いくら用心したって、しすぎることはない」と誠実なのです。

夏休みのある日、六つの女の子が行方不明になる事件が起きます。騒ぎでリズムが狂ったからか、握った女の子の手の感触が消えないせいか、その夜、小母さんは寝付けなかった。母親が現れた途端、女の子は小母さんの手を振りほどき、駆け出していきます。確かに自分の掌にあったはずの小さな五本の指は、はっと気づいた次の瞬間にはもう消え失せていた。しかし小母さんは「嘆いたりなどしなかった」と書かれています。著者の注意深いところです。

小母さんは赤ん坊を抱く。赤ん坊に関するすべてのことを用心してやる。すべてを満たされた者が小母さんの両腕を満たしている。「このまま母親が戻ってこなければいいのに。……誰にも気づかれないよう、密かにそう願う。」小母さんも普通の人だったのでしょうか、つい欲が出た。彼女は「慌てて頭を横に振り、自分の願いを否定し……神様に謝る」ことを忘れていませんでした。そして公衆浴場の一部分として、今も小母さんは

「ただひたすら赤ん坊のためだけに我が身を捧げている」

という作品の結びになっています。

誰よりも仕事上手で用心深く、熱心だが決して自慢しない、わが身を誇示しない、人のためにつくしても見返りを求めない――小母さんの言動を貫く自分を勘定に入れない誠実で無我の精神に導かれた献身の生き方が、この結びの一文に凝縮されています。

『金剛般若経』は「菩薩（すぐれた道を求める人）は、ものにおいて、まさに住するところ無くして布施を行ずべし」と教えています。

布施とは、他者のために自分のものを施し与える行為です。自分のものを執着の心なしで人に与えるのです。たくさん寄付をしたのに扱いが悪い、あんなに親切にしてやったのに礼の一つも言わない、恩に着せる、といった類の意識や何らかの計算があるうちは、本物の布施行とはいえないでしょう。他者のためにしたことに心を残さない。したがって見返りを求めるような心が生じよう筈がありません。

『華厳経』には、次のように説かれています。

「行為の主体とその行為との二つは、ともに空である。空であるから、それらを求めても〈不可得〉である。この〈不可得〉の道理こそ、諸仏のよりどころである」

この世の実相は縁起・空ですから固定した実体はないので、求めても得られるものは何一つない。この空ゆえに不可得という道理こそ、仏たちのよりどころだという命題は、仏道の本質を実に簡明直截《ちょくせつ》に教えています。縁起・空ということがこの世の真実である以上、行為者も、行為そのものも、縁起・空観に基づく整合性のとれたものにならなければ正しいとはいえない、という考え方です。これが、社会における仏教徒の行為を律する基本です。

短編の全体をふまえ、結びに置かれた「ただひたすら赤ん坊のためだけに我が身を捧げている」という記述は、仏道の基本のところを彷彿とさせる一行になっています。『日本経済新聞』読書欄（「リーダーの本棚」2018年12月15日付）で、この「結びで決まっています」

とわたしが発言したのは、このことを意味しています。

ただ一つだけ、気になるところがありました。先にもふれた預けた赤ん坊を母親が取りに戻ってこなければいいのにと密かに願い、慌ててそれを否定し「どうか神様、許して下さい。罰を与えないで下さい。夜が明けるまで、小母さんは祈り続ける」という場面です。

神さまについてわたしは知りません。仏さまは覚りをひらかれた人ですから、過ちを犯したからといって、罰を与えるようなことをなさる方でしょうか。

既に見てきたように、コトやモノすべては縁って生じている、縁起していますから空です。固定した実体は何もありません。執われが、善し悪しや、喜び悲しみなどがまぎれ込む余地はない。覚りをひらいた仏さまの側からご覧になれば、ただ、真実があるだけの境地です。縁起している空なる真実をさまたげる執われや悪など、何もありませんから、この世の実相、真実のひとりばたらきで、みな「そのまま」許され救われていく道理でしょう。この点に関連して中村元博士は

「救う主体も空　救われるものも空　救われて到達する境地も空」

と喝破されています。絶対で無条件の救済について、これほど簡明にその根拠を明示している言葉はないのではないでしょうか。浄土真宗的にいえば

「凡愚のまま　摂め取って捨てない　弥陀《みだ》の慈悲《じひ》」（大谷光淳西本願寺住職）

ということです。お慈悲を、この世の真実を信じて疑いなく任す人を、愚痴無智のまま救い取って捨てない仏さま、「阿弥陀《あみだ》となづけたてまつる」ということになります。

『歎異抄』の第一章には「悪をもおそるべからず、弥陀の本願（慈悲）をさまたぐるほどの悪なきゆえに」と教示されています。

遺書のつもりで書いた『生きて死ぬ力』の結びは、次のようになっています。

み仏と　なりましし
父や母　兄たちがいる「自然《じねん》の浄土《じょうど》」
この世の縁が　つきる時
世俗の　分別苦《せめ》から　解き放たれて
執われもなく　何もなく
縁起するまま「自然《じねん》」にかえる　このまんま
おのずからなる　み手の　うち

敗戦後、この国では天皇制をはじめ安全保障政策や教育といった大事について、超党派の本格的な国民的議論はほとんどなされていません。伝統文化の中味についても、長短を含めしっかりした吟味のないまま、経済や技術優先、利便性の追求など世俗主義が跋扈しています。

もちろんウィズコロナの生活が浸透していく中、ITやAIといった最新技術の導入や活用があらゆる分野で不可避となりますが、戦後の世情を思う時、小川さんが書かれるこのような作品が出てくることは、あきらかに一つの光明です。日本もまだ捨てたものではないという希望をもたせてくれます。地下水脈の力強さというべきでしょうか。

「口笛の上手な白雪姫」は、こころ洗われる精神性の高い秀作です。主人公のような人の日常によってこそ、真に穏やかでしかも建設的な世の中が創られていくのでしょう。著者をして何がこういう作品を書かせたのか。その背景について知りたい誘惑にかられます。

〈この解説は論文ではないので、註は省略しました。拙著『生きて死ぬ力』と『生きていく救われていく』(徳間書店)には、付記と参考文献及び若干の補足等が記載してあります。関連していますのでご参照くだされば幸いです〉

——浄土真宗本願寺派総長・龍谷大学理事長・君津光明寺住職

この作品は二〇一八年一月小社より刊行されたものです。

口笛《くちぶえ》の上手《じょうず》な白雪姫《しらゆきひめ》

小川洋子《おがわようこ》

令和2年8月10日　初版発行

発行人――石原正康
編集人――高部真人
発行所――株式会社幻冬舎
〒151-0051東京都渋谷区千駄ヶ谷4-9-7
電話　03(5411)6222(営業)
　　　03(5411)6211(編集)
　　振替00120-8-767643
印刷・製本―中央精版印刷株式会社
装丁者――高橋雅之

幻冬舎文庫

ISBN978-4-344-43003-7　C0193　お-2-4

幻冬舎ホームページアドレス　https://www.gentosha.co.jp/
この本に関するご意見・ご感想をメールでお寄せいただく場合は、
comment@gentosha.co.jpまで。